木乃伊《ミイラ》仏

和田はつ子

ハルキ・ホラー文庫

角川春樹事務所

木乃伊《ミイラ》仏

一

江戸時代　天明年間　庄内地方　秋

男は土牢《つちろう》に囚《とら》われていた。北国の冬の到来は早く、まだ十月だというのに外にはもう小雪がちらついている。

「夏の暑い時よりも冬の方がいい。寒い方が上手《うま》く仕上がる」

そういったのは、昨日男の様子を見にきた寺男たち数人のうちの一人だった。その後寺男たちは、口々に自分たちの仕事についての感想を洩《も》らした。

「そうだな。寺の境内《けいだい》でいぶし続けるのはいくら偉い上人《しょうにん》様におなりでも、臭《にお》いがたまらない」

「だがな、夜通しの仕事になるぞ」

「海が荒れないといいが」

男の方は捕らえられてからというもの干乾《ひぼ》しにされていた。日々わずかな水を与えられるだけである。

そのため時折、ぱっと目の前にあろうことのない光景が出現した。咲き乱れる山百合《やまゆり》の花。白い清楚《せいそ》な花姿は彼の妻のイメージでもあったが、何よりその根は貴重な食材だった。幼い頃から馴染《なじ》んだ山の味であった。焼いて食べると、百合根《ゆりね》は最高なのだ。あれが今すぐ食べたい。

「おまえの家は代々熊やきつね、狼などの邪教を信じ、お上を愚弄《ぐろう》していかがわしい施療《せりょう》を続けている。だからおまえには五穀断ち、十穀断ちや荒行などの修行をさせるのが先決かもしれぬ。まずはありがたい仏の道に帰依《きえ》することが人の道だからな。だが今はもういかんせん時間がない」

三日前やってきた代官所の役人はいった。五穀断ち、十穀断ちとはともにここ庄内の湯《ゆ》殿山《どのさん》で行なわれている、行者たちによる断食修行であった。

ちなみに荒行とは真冬の川に漬かり続ける水ごりや、蠟燭《ろうそく》で手の平を焼く手行灯《てあんどん》という生命の危険と隣り合わせの苦行を含んでいる。

「知っての通りここの修行の総仕上げは土中入定《にゅうじょう》だ。行者たちは生きながら木棺に入り、土の中の石室におろしてもらい、息つき竹を地上に出して土をかけられて埋められる。そしてその中で鐘を叩《たた》き、読経《どきょう》をしながら死んでいく。三年三ヶ月後に仏となって掘り出され、衣を着せられた後、寺に安置される。即身仏たちは未来永劫《えいごう》神のごとく敬われる。おまえは果報者だな。さしたる修行もなしに仏にしてやろうというのだから」

「だから裁きをしないで飢え死にさせようというのか？」

これがせめてもの男の反撃だった。

「仏になれるというのに何をいう。これは裁きというよりもご慈悲ではないか。そんな風だから今まで、おまえもおまえの先祖も村八分にされてきたのだぞ」

役人は頭をかしげた。

自分の死は刻々と近づいてきている。自分たちのノルマのために、死期を予想しに来た寺男たちを見送りながら男は思った。

すでに男の飢餓感は限界に達していた。身体中が痛い。それも関節とかではなく、皮膚の細胞の一つ一つが飢えて乾いて悲鳴をあげている。

男はまだ若く、やっと三十に手が届いたばかりである。無理やり殺されようとしている、生木のような肉体が全身で抗議を申したてている。従ってその痛みはほんのわずかな時間も彼を解放してくれることはなかった。

眠れない。

それでしばしば幻影を見た。

例の役人と問答をしている。

「俺《おれ》がどうして即身仏などになるんだ？　俺はただ、まじないや山の草で病人の治療をしてきたにすぎない。親父もそうだったし、爺《じい》さん、そのまた前の先祖たちもみんなそうだった。村人たちに必要とされたから生き残ってきた。出すぎたことなど何一つしていない。山家にひっそりと住んで分《ぶん》も守った。つまり誰しもそうであるように、家業を継いでここで生きてきただけではないか？　それのどこが罪なのだ？　お縄になる理由などありはしない」

「おまえたち一家は薬食いだろう」

役人の顔はいつしか僧侶《そうりょ》の顔になっている。すでに二体の即身仏が本堂に安置されている寺の住職である。大変な高僧だと聞いていた。もっとも男は遠くから顔を見たことがある程度にすぎない。

「おまえたちはずっと山に潜み続けている。里へ下りてきて田畑を耕すこともないだろう」

住職は先を続けた。

「どちらも人の道に外れる大きな罪だ。もとより獣肉は薬であって食物ではない。これをおまえらは日々山犬のように貪《むさぼ》り食っている。殺生《せっしょう》は仏様の教えに反する罪深い行いだぞ。それから田畑を耕さずお上に年貢を納めないこと。心得《こころえ》違いをするでない。おまえの住む山はおまえのものなどではないのだぞ。この国の藩主様のものなのだ。そこをおまえは勝手に踏み荒らしておる。これもまた外道の証拠だ」

「そんなおまえをご住職様は即身仏にしてやろうとおっしゃる。祀《まつ》ってやろうとなさってくださっているのだ」

住職の顔が再び役人の顔に戻ったかと見えたが、すぐに住職に変わった。

「おまえは先祖代々の所業を早く改心して、身も心も仏様に捧《ささ》げよ。おまえたち外道が徳を積む術《すべ》はそれしかない」

そこで役人と住職の顔は消えた。

次に出てきたのは、時折訪れる死神を想《おも》わせる寺男たちだった。

「羨《うらや》ましいぜ」

その一人が不可思議な発言をした。

「どうしてだ?」

聞いた男は腹立たしい思いで切り返した。

「ぬしはすぐに即身仏、上人様になれる」

「しかし死ぬのを待たれている。殺されかけているのだ」

「わしらはなりたくて願い出ても、そうはたやすく許されない」

「なぜだ?」

「即身仏は高野山《こうやさん》の空海《くうかい》様にあやかっておる。相当の修行を積んだものでないと許されない。もとよりわれらは身分が低すぎる。寺での仕事は掃除や炊事、まき割りなどの下働きだ。こればかりやって一生を終える。出世の望みは万に一つもないが、唯一の機会がこの即身仏なのだ。これになる以外、自分が人間であると思える道はまったくない。寺にいる意味も生きる希望もないに等しい。ただ修行は厳しく後世に名を残したくてもなまじのことでは残せないのだ。それにひきかえぬしはまじない師、薬師《くすし》というだけで道が開けている。羨ましいことだ」

「名などどうでもいい。死にたくない。殺されたくない。助けてくれ」

男は悲鳴をあげかけた。

「おぬし、妻子がおるな」

相手は大きな目をぎろりと剝《む》いた。寺男には他の土地から流れてきた前科者が多いと聞いていた。その通りなのかもしれない。

「われらには終生妻帯も許されていない。火を清浄にお守りするお勤めがあるからだ」

といい目色に同情をこめた。そして、

「心残りのほどよくわかる。だが安心してほしい。悪いようにはしない。今は気候もいい。浜での作業もはかどる。しかと約束する。近隣の即身仏に比べて遜色《そんしょく》のないものを作らせていただく。それがせめてもわれらにできる供養だ」

といった。

その言葉が合図であったかのように、寺男たちが背を向けて遠ざかっていく。

「待ってくれ。錠を開けて逃がしてくれ。お願いだ」

男は狂ったように誰もいない土牢の廊下へ叫び続けた。

するとほどなく男は別の場所へと身体を移していた。すべて幻影のなせる業《わざ》である。

農家の納屋《なや》を想わせる粗末な空間である。男たちは手に手に松明《たいまつ》を持っている。そのため夜だというのに昼間のように明るい。

即席でむしろが敷かれ、裸に剝かれた人間の死体が横たえられている。死んでいる男が自分だとはすぐにはわからなかった。

「やってみるか」

さっきの寺男の声がした。手にしていた松明を後に控えていた若い者に渡す。渡された者は彼の隣りに進み出て、注意深くその手元を照らした。

「たしかにヨモギの茎の線香でいぶすのはあんまりよくない。生臭《なまぐさ》くてやりきれない。あれはごめんだ」

別の一人。

「腐るところはわかっている。腐ると上人様はもう祀られない。捨てられる。からすの餌《え》食《じき》になる。そして誰も名を覚えてはいない。残らない」

例の寺男が出刃包丁をかざし持った。やおら腹部を切り下げていく。どろりとすでに固まりかけている血液が流れ出す。寺男は両手をどっぷりと腹腔《ふっこう》に浸《ひた》すと、えい、やっとかけ声をかけて胃や腸、肝臓などの内臓をつかみ出す。

間髪《かんはつ》入れず死体を裏に返して肛門《こうもん》を抉《えぐ》り、前からでは取りきれなかった直腸を除去した。その後血塗《ちまみ》れの手を拭《ぬぐ》いもせずに麻糸を通した蒲団針《ふとんばり》で縫合していく。

「忘れては困る。あれだ」

他の一人が声をかけた。

「わかっている」

執刀した男はむっつりと答え、包丁を下腹部に近づけ、ぱつっと音をさせて男根を切断した。

「仕方がない。この上人様には女断ちをしたという伝説がすでに作られているんだ」

催促した男がいい添える。

「それは結構。だが馬鹿馬鹿しい」

執刀男はその言葉を跳ね返すようにいい、さらに、

「仕上げだ。浜だ。行くぞ」

威勢よく音頭を取った。

内臓と男根を抜かれて処理された男の死体は海辺へと運ばれた。

死体になった男は葬儀用の桶《おけ》に入れられ、潮の臭いに誘われるように担がれていく。

男の死体は棺桶にもたせかけられて座らされた。すでに硬直状態は解けていて、ふにゃふにゃになった身体はいかようにも曲がる。

そこへ汲《く》み上げられた塩水がかけられる。寺男たちは松明を持たない反対の手に手杓《てしゃく》を握っている。そして波打ち際と死体との間を忙しく行き来している。男根だけは催促した男が道中大事そうにかかげ持って来ていて、直接ざぶざぶと海水に浸している。

ここに到《いた》っても男は死体が自分だとは思いがたかった。まだ信じられない。

しかし最後の場面は山家のなつかしいわが家だった。無垢《むく》な百合が手折られている。そう見えたのは男の女房だった。

畳のない簡素な家で見慣れた土間に妻があおむけに倒れている。着物がはだけて首に絞められた痕《あと》がある。すでに息はしていない。そばには生まれたばかりの長女が血まみれになって転がっている。一刀のもとに切り殺されたのだ、情け容赦なく。まるで犬や狼《おおかみ》の子でも扱うように。

「女房もまたまじないや薬草に長《た》けているといいますからな。見せしめのためにもあの男の血筋は根絶《ねだ》やしにしないといけません。病いの治癒《ちゆ》祈願などはこちらの仏様のご霊験《れいげん》だけで十分ではありませんか」

「そうであったか。とにかく邪教はよろしくない。ご苦労であった」

どこからか役人と住職の会話が聞こえてくる。

そこで男ははじめて自身の死と無念、怒りと恨みを実感した。

「よもや許すまじ」

男は怒りに燃えたつ末期《まつご》の目でその幻影の中に、数え年十二になる長男の姿を探した。家の中をくまなく探したが、死体は見つからない。

隠れているのだと直感した。長男は父親である男に似て五感が並はずれて鋭かった。それで危険を察知したにちがいない。

「わが子よ、生きよ。生きて報いよ。役人、坊主、それからこの地をしきる者、すべてに

た。

「祟《たた》れよ。未来永劫に災いあれ」

男は最後の力をふりしぼって絶叫した。土牢の中に男の声がこだまし、やがて消え入った。

二〇〇〇年　庄内地方　盛夏

若者たちは大海原に乗り出したヨットの上で死にかけていた。

それははじめちょっとしたいたずら心からだった。若者たちは東京にある著名な大学の男子学生たち。通っている大学は付属制で彼らはずっと受験の心配をしたことがなかった。彼らは刺激に飢えていた。興奮を求めていた。中の一人、美青年の黒枝真也《くろえだしんや》は高校時代からトップアイドルだった。マスコミの寵児《ちょうじ》である。この真也の政治家である父親も含め、全員の親がそこそこの資産家だった。

つまりこうした輩《やから》たちにとって夏休みは快楽と同一でなければおさまらなかった。しかも最高の――。

すでに彼らはセックスやブランド、取ったばかりの運転免許の駆使と高級車さえも、ぱっとしない遊びと見做《みな》していた。

わくわくするようなアヴァンチュールをどこかで経験できないものか？

「船だな」

黒枝真也がいい出した。

「船で日本海を乗り切る。アジアの避難民たちがやってる逆をやる」

「そりゃあいい。しかしそれじゃ密航だぜ」

「だからスリリングなんだよ。それに境界線ぎりぎりのところで引き返せばいい。罪にはならないよ」

「どこから出航するんだ?」

「もちろんうちからさ。いつもうちの浜にはヨットをスタンバイさせてある」

そういったのは真也だった。黒枝真也はこの土地の出身者である。政治家を父に持ちながら臆《おく》することなく、アイドルになって芸能界デビューを果たし、自由奔放《ほんぽう》に行動する。それが彼の周囲を魅了してやまないキャラクターでもあった。

こうして黒枝真也とその友人たちは庄内の海へと乗り出した。彼らの所属する経済学部の試験が終わった、七月の第一週のことであった。

異変は出航して三時間後にあらわれた。仲間の一人がマストの下に立っている真也の変化に気がついたのである。

「真也、おまえ、今度はギャグ番組に年寄の顔で出るのかよ」

指摘された通り真也の顔には皺《しわ》が刻まれはじめていた。端整な美貌《びぼう》が極端な老化によって損《そこ》なわれているように見える。

「真也のメイクテクは天才的だからな。きっとハリウッド仕込みなのさ」

もう一人が会話に加わった。

「どれどれ」

さらにもう一人がかけつける。

「冗談じゃないぜ」

真也は真顔である。マストの下で両手の甲を凝視した。弾力のないたるんだ肌の上に青い血管がぼこぼこと浮き出ている。そのまわりを老人性と思われる茶色のしみがくまなく覆《おお》い尽《つ》くそうとしていた。

「手までメイクとは念がいってるな。ほんとうの年寄みたいだ」

「ほんとうに冗談じゃないんだ」

真也の皺だらけの顔は青ざめきっている。

すぐさまポケットに携帯していた手鏡を取出し、自分の顔を見たとたん、絶句してへたへたと甲板《かんぱん》にすわりこんだ。

「こんなことって」

いいながら顔を覆い泣きだしかけた。

「変だぞ。真也だけじゃねえ」

仲間たちが騒ぎはじめた。

「おまえ、なんだ、その皺」

「それしみじゃないのか?」

「白髪かよ」

彼らはお互いの姿を指差しあいながら、恐怖に顔をひきつらせていた。それからほどなくがっくりと身体の力が抜けはじめた。全員が甲板にへたりこんだ。恐ろしいほどのだるさだった。衰弱のあまり眠気さえ襲いかかってくる。

「動けねえ」

「いったいどうしたんだ？」

「もしかして俺たち死にかけているんじゃないのか？」

「このままではきっと死ぬ」

「何とかしなきゃ。助けを呼ぶんだ」

そういった一人に励まされるように仲間たちはキャビンへと這《は》って辿《たど》り着いた。

だが彼らの行為は虚《むな》しかった。気がついてみるとヨットは静止していた。自動操縦に切り替えてあったはずのヨットがびくとも動かなくなっている。あろうことか、ヨットが海の特定の場所にがんじがらめに縛りつけられているかのようだった。

「早く無線を」

だがそれも故障しているのか電源が入らない。

それからさらに三時間が経過した。キャビンの中には急激に老化した五人の青年たちが折り重なっていた。

相沢庸介《あいざわようすけ》が大学生たちの遭難の報を受けたのは、翌日の早朝だった。彼は総合病院である相沢病院の院長である。相沢病院は彼の祖父の代に開業されたもので、相沢庸介はこの病院の理事長も兼ねている。

その報せをもたらしたのは土地の警察署長大和田一郎だった。この土地に住む人たちは、一部の新参者をのぞいてほとんどが古い顔なじみである。相沢にとって大和田署長もその一人だった。

「今救急車でそちらへ送致します。治療をお願いします」

その後大和田は遭難した大学生の中に黒枝真也が混じっていることを告げた。

「救急隊員の報告ではすでに彼の息はありません。他に三人も死亡。救出できた一名も危《き》篤《とく》状態です」

「水死？　転覆事件ですか？」

相沢は妥当な想像をした。

「いや、それが」

大和田一郎の声がくぐもった。

「彼らは漂っているヨットのキャビンの中で発見されています。ここだけの極秘の話ですが、伝染性の病気である可能性があるのです。しかも未確認のウイルスによるものである可能性さえあります。ごらんになればわかります。とりあえず隔離病棟をご提供いただきたいのです」

「わかりました。手配します」

相沢庸介は電話を切った。かつてない不安が相沢の心に襲いかかってきた。

二

その日日下部《くさかべ》は熱海《あたみ》経由で伊豆大島から帰宅した。季節は七月の下旬。典型的な夏である。東京駅に降り立ったとたん、湿度を含んだむっとくる不快な熱気に包まれた。

日下部遼《りょう》は三十五歳。女子教育のパイオニアといわれる名門英陽女子大学の助教授の任にあった。専門分野は文化人類学。専攻は食文化。すでに大学は夏期休暇に突入している。

大島におもむいたのはフィールドワークを兼ねた、ある食品会社からの依頼の為《ため》であった。ここで試みられている昔ながらの塩作りの様子を見学に行ったのである。日下部はこれに基づいてエッセイを書き、この製塩会社から近く発行される、塩料理の本に掲載されることになっている。

東京など大都市の夏はコンクリートの照り返しと人いきれに象徴される。同じ暑さでも大島など自然の多いところとは大違いだった。やれやれと思い、ふーっとため息をつきかけていると、

「あ、ちょっと」

声をかけられて肩を叩かれる。

振り返った。女子高生の二人連れが頬《ほお》を染めて立っている。急いで書いたと思われるメ

モを渡してくる。メモには筆記体のアルファベットが並んでいる。中身は〝あなたはブラッド・ピットではありませんか？　いつ日本にいらしたのですか？〟という内容である。

「違うんだ。残念ながらぼくはハリウッドスターではない」

日下部は答えた。当然のことだが流暢《りゅうちょう》な日本語で、がっかりした様子の二人はきびすを返して歩きだした。

日下部は西洋人と見まちがう特異な風貌《ふうぼう》の持ち主である。身長はゆうに百八十センチを越えていて、顔立ちは彫りが深い。目の色は黒よりもプルシャンブルーが勝っている。髪は今でこそ黒いが、十代にはまだ燃えるように赤かった。

容姿が特異な理由は彼の両親にあった。彼は北海道の出身で、母方がアイヌ民族の血を、父方がロシア人のそれを各々継承していたからだ。とりわけ赤毛は早世した父親と同じであり、父系の遺伝要素だった。

おおむね彼の容貌《ようぼう》は父親に似ていたが、もっともある種の能力の方は母親似であった。海産物の行商から身を起こした彼の母はアイヌの末裔《まつえい》である。母の家系はシャーマンが続出している。祖母に次いで彼の母にも予知能力など特殊な力があり、それを日下部は受け継いでいた。

といってこの能力の恩恵に与《あず》かることは少なかった。なぜならアイヌのシャーマンに授けられる予知能力とは凶事に限られていたからである。

そうそう身辺にいつも悪いことばかり起こってはたまらないではないか？

日下部はこのところその手の能力の証《あか》しである夢、もしくは幻影が出現しないことに安《あん》堵《ど》していた。

ところがである。

その時彼は見るともなしに女子高生たちの後姿を見送っていた。すると追っている彼女たちの姿の上に苦悶《くもん》の顔が被《かぶ》さって見えてきた。ばらばらの髪。ひげだらけの痩《や》せ細った男の顔。一目で彼が死にかけていると日下部にはわかった。おそらく餓死——。

だがやや緑がかった目だけはらんらんと輝いて見える。そしてその目は怨念《おんねん》を色濃く映していた。得体のしれない復讐《ふくしゅう》の念に燃えている。男は海にいるのだろうか？　潮の臭いがした。

一瞬のことだった。すでに女子高生はホームの階段へと消えている。見知らぬ男の顔も潮の臭いもきれいに消失していた。

何かまた事件が起きるのだろうか？

日下部は一抹《いちまつ》の不安を抱きながら階段の方向へと向かった。

目白台にある自宅マンションに着いたのは夕方近くだった。リビングにファックスが届いていた。

どこにいるの？　留守電にメッセージぐらい入れておいて。携帯家に忘れていったでしょう？　たぶん故意にね。事件逃れの術？　とにかく帰ったらすぐ連絡してください。
もちろん事件です。またご協力を。水野

水野薫《かおる》からだった。水野は警視庁捜査一課の女性刑事で、日下部の友人の一人である。日下部とは同い年の三十五歳。以前彼の意中の女性が殺害された事件で知合った。当時水野は日下部を重要参考人、つまり犯人と見做していたのだから驚く。以来日下部はこの水野と数々の事件に関《かか》わってきた。よって水野は彼にとってよき相棒という感が強くなっている。ただし、事件に巻き込まれるのを歓迎しているわけではなかった。

日下部はすぐにも連絡をしようと思いつつ、まずはハーブティーを楽しむことにした。夏はベランダのバジルの最盛期である。バジルはトマトやオリーブオイル等と相性がよく、スパゲッティなどのイタリアンに使われるのが普通だが、日下部はフレッシュの葉を摘んでティーにもする。ティーのバジルは透明感のある高貴な香りの飲み物である。リビングのソファーに腰をおろしてバジルティーをすっていると、そばの電話器が鳴った。

「やっと帰ってきたのね」
開口一番水野はいった。

「仕事で出ていった。伊豆大島だ。お祭しの通り携帯は忘れていったようだ」

「ようだということは必要なかったということね」

「うん」

日下部に今の携帯をプレゼントしてくれたのは水野であった。実をいうと彼はもらってはみたものの、携帯が必須だと感じたことは数えるほどしかなかった。

第一大学関係者の時間はゆっくりとすぎていくのが常で、他の職種の人たちほどかしましく忙しくない。塩のエッセーの締切にしても三ヶ月後であった。

それと急場の連絡が携帯でつくかといえばそうでもなかった。生命の危機に瀕《ひん》するような場合、たいていは携帯さえ作動しない状況に置かれていることが多いからだ。

「今からそっちへ行くわ。いるでしょ?」

水野はいった。すでに完璧《かんぺき》に彼女のペースである。

「事件?」

こわごわと日下部は聞いた。

「もちろんよ」

水野はてきぱきと答える。そして、

「塩まみれの死体がいくつも上がったの。人間の干物状態。しかも短時間の間にできあがってしまった。これについて捜査よ」

と続けた。

「へえ、塩」

日下部はつぶやいた。すでに嫌《いや》な気分に陥っている。製塩業の見学に行ってきたばかりだったこともあるが、ホームで嗅《か》いだ、たしかに漂っていた潮の臭いがまだ生々しかった。

「何か？」

いぶかしげな水野の声。

「いや何でもない。とにかく待っている」

そういって日下部は電話を切った。

その後すぐ気分を変えるために買物に出た。友人である水野薫は驚くほどのグルメな大食漢なのであった。そのため、日下部のところを訪れる時は必ず食事をあてこんでくる。

水野自身は全く調理をしないライフスタイルを守っている。驚くなかれ、彼女の家には鍋釜《なべかま》の類《たぐ》いからはじまって箸《はし》さえも存在しない。あるのは湯呑《ゆの》みと酒を飲むためのグラス類だけなのであった。

日下部は八百屋、魚屋とまわって夕食の材料を買い求めることにした。今日の料理は本格的な塩料理にするつもりである。塩は大島産の自然塩を多量にもらって帰ってきていた。塩料理というと塩が主体の、例えば塩辛や漬物を連想しがちだがそうではない。塩の持味を十二分に生かした料理ということになる。そんなことをいったら、塩を使わない料理はお菓子の類い以外あまりないから、料理全般ということになりそうだ。

たしかにその通りなのだが、そこは禁欲精神旺盛《おうせい》に、少ない塩の旨味《うまみ》で素材を引き立たせる料理法とその追求ということになる。

少なくとも日下部がエッセーを書くことになっている、本の主旨はそのようであった。レシピは、ゲラになっていて、すでに日下部は見せてもらっていたのだ。

なぜ今、塩かというと、塩にはその調味料としての旨味の他に重要な役割がある。人体が生命の維持に必要な主要なミネラル類をナトリウム中心に含んでいる。

現在日本には従来型の塩田は存在しない。塩田と専売の廃止とともに、すべての国産塩はイオン交換式に切り換えられてしまっているからだ。

この製法は化学工業的製塩法で、イオン交換樹脂膜を並べた槽が使われる。ここに海水が入れられて電流が流される。イオンが移動することによって濃縮され、その後真空蒸発缶に移して煮つめ、結晶化させる。

現在スーパーなどで断りなく売られている安価な塩はこのイオン交換塩である。この化学塩が問題なのは高純度に精製される際、ミネラルバランスが崩されるからであった。

つまりイオン交換塩は体の機能を乱す。心臓病、糖尿病、動脈硬化症、癌《がん》、痛風などの現代病は、摂取ミネラルのアンバランスが誘発要因になる。

一方海水には九十種類以上のミネラルが含まれており、人体の健康維持のためにはナトリウム、マグネシウム、カリウム、セレニウムなど少なくとも十六種のミネラルが必須である。

昔塩田で作られていた自然塩には、これらのミネラルが奇跡のバランスで含まれていたのである。

商店街で買物を終えた日下部は、帰路を辿りはじめた。午後七時少し前。空を見上げた。このところ晴天が続いている。長かった夏の陽《ひ》がやっとかげりはじめた頃であった。

日下部は丸い炎のように見える夕日を見つめた。常になく感慨深いものを感じている。

まだ塩のことを考え続けていた。たとえイオン交換塩を低純度に精製しなおしても、自然塩にすることはできない。自然塩の奇跡のバランスの秘訣《ひけつ》は太陽の光だという。

そのため日下部を招いた企業では、大島の海岸べりにネット式立体塩田を開発している。彼はそこで太陽と風の恩恵が何よりなのだと聞いた。

自宅に戻ると早速《さっそく》料理に取りかかった。本日手をかけるのは鯛《たい》だけである。真鯛の海塩包み焼き。ベランダではタイムがバジルの隣りのプランターで茂っている。

文字通り一キロ以上ある真鯛にこのタイムを詰込《つめこ》み、魚の全体を一・五センチの厚さの塩で包み込む。220度のオーブンで30～40分焼いて出来上がり。ソースはあえて添えない。

サイドディッシュは季節柄たっぷりの生野菜。生のままキュウリ、にんじん、セロリはステック状に、トマトはくし型に切っておく。やはりディップは作らず、塩だけをつけて食べる。

水野薫が現われたのは、真鯛がちょうど焼き上がった頃だった。

黒い麻のジャケットに同色のパンツ、アタッシュケース。インナーは夏らしくスカイブルー。胸元に小さな金色が光っている。この正体はゴールドの観音像で貴重品。母親から贈られたという彼女のお守りだった。

「今日は何？」

水野は入ってくるなり、魚の焼ける香ばしい匂《にお》いに鼻をひくつかせた。手には裸のまま白ワインのガビをぶらさげている。それからさらに彼女はポケットをごそごそやって、小さなスーパーの袋を取り出した。

「本物のカマンベール。木炭をまぶした山羊《やぎ》のチーズよ」

ワインとチーズの両方に目をやった日下部は、

「白ワイン、結構。今日はお互いのテレパシーが通じあったみたいだね。めでたく魚料理なんだ。ワインとチーズはうっかり買い忘れていた」

と軽口を叩いた。

その後二人は食卓に着いた。塩で包まれた真鯛は、こちこちに固まった周囲の塩を割って中身を食べる。ほどのいい塩味が魅力だった。

そして日下部は水野に促されるままに自然塩についての蘊蓄《うんちく》を話した。もっとも水野は、ふんふんとうなずきながら食べる一方ではあったが。

食事に一区切りついたところで日下部は切り出した。

「ところで電話の話なんだが、くわしく説明してくれないか？」

そこで水野は日本海で起きた、クルージング中の大学生たちの奇妙な死に方について説明をはじめた。

「一応遭難死ということになっている。だけど彼らは塩まみれの上、老化現象が全身に及んでいるのよ。送られてきた写真の死体を見たけれど、まるで塩漬けのミイラみたいだったわ。とても若い人のものには見えなかった」

「となると死因は老衰？」

「それに近いけど、解剖結果や分析が報告されてこないからまだ断定はできないわ」

「当然ウイルスや新手の伝染病が疑われた？」

「ええ、そうよ。彼らの行動が一週間までさかのぼって調べられた。それからヨットの浮かんでいた付近の海水も徹底的に分析された。でも異常なし。今のところ九割方、伝染病説は退けられている」

「ヨットの船体はどういう状態？」

「これもひどいものよ。腐食の極み。それで彼らは助けを呼ぼうにも呼べなかったのね、たぶん。無線機が頑固にさびついてしまっていたそうよ。時計も壊れていた。ただ大きな謎《なぞ》はごく短時間に人も機械も急激に老化してしまった。そのことなのよ」

「ふと思いついたのは海水中のイオンの移動のことなんだが。海が磁場になって起きる腐食や老化現象とは考えられない？」

そこで日下部はイオン交換塩をつくるための方法を説明した。その応用ではないかと。

「つまり海が異常な状態にあった。彼らが航海していた水域では前もって誰かが電流を流し、大規模な実験をしていたということ？　理由は？　まさか本格的な物質移動の実験だったなんていい出すんじゃないでしょうね」

「そうかな。あり得ないことじゃないよ。舞台は日本海なんだ。大陸が近い」

日下部はさらりといってのけた。イオン交換塩などという塩害も、案外こうした科学万能主義の申し子なのかもしれないと思う。

「ところで具体的な仕事の話なんだけれど」

水野は今後のことに話を進めた。

「亡くなった大学生の一人は黒枝真也。知ってる？」

「いいや」

日下部は首を振った。テレビはほとんど視《み》ないライフスタイルを続けている。

「でしょうね」

水野は驚かなかった。忙しい彼女も同じようなものなのかもしれない。

「今トップの人気アイドル。名門私立大学の学生でもある。父親は次期総理大臣候補の政治家」

「それで？」

日下部は不可解そうに水野を見つめた。彼女のいいたいことの想像がつかない。

「日本の警察は縄張り意識が強いから、この事件はもちろん山形県警が牛耳《ぎゅうじ》っている。死者には東京在住の学生もいるから、こちらはまったく手を出せないというわけじゃない。こんな不可解な事件、グローバルに捜査しなきゃ解明できっこない。だけど黒枝章吾《しょうご》はやめてくれといってきているのよ」

「どうして？」

日下部はますますわからなくなった。もとより政治色のある言動には興味が薄かったが。

「黒枝章吾は息子の死を悼《いた》んでいないわけじゃない。不思議な死に方を何とか突き止めたいとも思っている。でも率先して動くわけにはいかない。地元の利益と相反する結果になっては支持を失うから。彼らが死んだのは漁場だもの。彼は自分の手で地元近海の汚染を指摘する流れになってはまずいと考えている」

「それで警視庁が黒枝の手先になるのか？」

聞いていた日下部は冷たくいい放った。

「まあ簡単にいえばそうよ」

そこで水野は一息ついた。続ける。

「でももみ消そうとしてるわけじゃないわ。父親としての嘆きの他に、公人として今度の事件に危機感を感じている。それで追究しようとしている。あなたのように潔癖というわけにはいかないけど、多少は評価できる態度だとわたしは思う」

「それでぼくに協力しろと？」

日下部は拒否ほど強くない困惑顔になっている。

「そんなところよ。ところであなたは井上円了《えんりょう》という人物を知っている？」

突然話が飛んだような気はしたが、日下部は答えることにした。知っていることを質問されると答えずにいられないのが教師業の因果である。

「私立大学の学長もつとめた明治生まれの学者で、妖怪学の始祖ともいわれている。彼は常に真摯《しんし》な姿勢でフィールドワークを行ない、天狗《てんぐ》、狐《きつね》つき、幽霊といった怪異現象の真相を追究しようとした。その結果これらの怪異現象は多く人間の恐怖の産物だと見做している。もっともその勢いがすぎて民俗学者の柳田国男《やなぎたくにお》からは糾弾された。柳田といえば妖怪を崇《あが》められた後棄てられた、神が変化した存在と規定しているからね。こうした人間の歴史を担う妖怪を迷信呼ばわりするのは何事かというわけさ。だが井上は全部が全部迷信だとはいっていない。超常現象の存在を否定はしていないんだ」

「井上円了はたしか妖怪学会を主催していたわね」

水野が誘導をはじめた。

「彼は不思議な現象とか解釈のつかない存在を整理分類しようとした。そのためには自分一人のデーターでは不足で、興味を抱く会員を募《つの》って豊富なデーターを得ようと考えたようだ。彼の行なった分類は三種類でまず第一種は幽霊、狐、狸《たぬき》、天狗、犬神などの外界に属するもの。第二種は他人の媒体《ばいたい》によって行なわれるもの。巫女《みこ》、神下ろし、人相見、予言、占い、祈禱《きとう》、千里眼などだ。そして第三種は自分の心身の上に発生するもので、精神異常に類するもの、夢、夢遊病の類いだ。彼が超常現象に懐疑的である反面、非常に客観的であったことはこれを見てもわかる」

「井上円了は現代的な視野を持っていたともいえない？」

誘導は巧みになってきた。

「たしかにその通りだ」

「今回のような不思議な自然現象はどこに属する？」

「今は円了の時代とはちがうからね。既成の科学知識では究明できない自然現象。第四種ということになるだろうか？」

「まさしくね。ということは警視庁の内部機関にこの手の捜査室が設置されることは必然だと思わない？」

「まあそうだろう」

日下部はしぶしぶ答えた。

一方水野は、

「ここの管轄《かんかつ》は捜査一課だけれど常勤はいない。だからあくまで任務は暫定的《ざんていてき》。今回はわたしがここをしきる。この捜査室の設置は画期的なことよ。たとえ黒枝章吾の影がちらついていたとしてもね。それと日下部助教授は偏見のない人柄だとわたしは思うの。民間の製塩企業とわたしたちのところを差別して、協力を惜しむなんてことあり得ないわよね」

意気揚揚といってのけた。

三

クーラーの利きすぎで夏の院内はひんやりと冷たい。それでも配膳室《はいぜんしつ》の相沢遥奈《はるな》は額に汗をかいていた。遥奈は二十三歳。ここ庄内地方で相沢庸介が経営する総合病院の跡取り娘であった。

彼女は昨年英陽女子大の食物学科を卒業したばかり。卒業と同時に故郷に帰って家業の病院を手伝っている。すでに管理栄養士の資格はあるが、まだ新米扱い。これは厳格なことで有名な庸介のはからいであった。

入院患者のメニューに立ち入らせてもらうようになるのは先のことのようである。そんなわけで遥奈の日々の仕事といえば配膳室勤務。ベッド数二百五十の大病院の入院患者全員の配膳に目を光らせる。

病人は症状によって三度の食事がちがうから、まちがいがないようにチェックするのである。相沢院長は全国的にたて続いている治療サイドの医療ミスは氷山の一角で、病院食におけるミスは常識化している、ここではそんなことがあってはならないという気構えでいる。

この仕事が思いのほかしんどい。だが彼女には張り合いがあった。相沢病院の第一外科の研修医がフィアンセなのである。彼の名前は黒枝芳樹《よしき》。この地方に選挙基盤がある代議士の長男だったが父親の跡は継がず、遥奈と結婚して相沢姓を名乗ってくれることになっていた。

二十六歳の黒枝芳樹は痩せ形長身のやさ男のイメージである。芸能界デビューしてアイドルになった弟の真也と似ているのは顔立ちだけである。ともに著名な美人女優だった母親の端整な面差《おもざ》しを受け継いでいる。

だが雰囲気はがらりとちがう。真也には憎めないいたずら小僧の雰囲気があるが、芳樹の方は年のいかない頃から落ち着いた知的な様子をしていた。

つまり黒枝芳樹は大人だった。そのため遥奈はこのフィアンセが楽だった。彼女とて学生の頃は合コンなどで知合った異性に惹《ひ》かれ、あるいは押しまくられてつきあう羽目になったことの一度や二度はある。

その結果遥奈は自分が未熟な人間であることに気がついた。何でも相談できて頼れる相手でないとやっていけない。相手が不安定な情緒の持ち主でちょっとしたことで落ち込んだり、常識や理屈に合わないわがままをいってきたり、すねたりするのにつきあうのが下手だった。もちろん可愛《かわい》いとも思えない。

その点芳樹は浅からぬ思慮と的確な判断力、その両方を兼ね備えていた。今どきめずらしい頼りがいがある男だと彼を選んだ父親は太鼓判《たいこばん》を押した。実際その通りだと思う。それに何といっても、ハンサムな芳樹はナースたちのあこがれの的だった。

ここで働いていればそんな芳樹に毎日会うことができる。芳樹は遥奈がお嬢さんなのに、嫌がらず、こうした労働をこなしていることを評価してくれていた。

　よほどのことがない限り昼休みにはここへ足を向け、言葉をかけて、懸命に働いている遥奈を励ましてくれる。それが遥奈の何よりの楽しみ、もっかの生きがいだった。

　結婚すれば毎日会うことができるはずだといわれそうだが、それとはまた別だった。病院という生死が行きかう空間での、緊張感と隣り合わせの逢瀬《おうせ》は、ちょっとスリリングで刺激的だった。

　だがその日に限っては昼の配膳が終わっても芳樹が現われる気配はなかった。きっと亡くなった真也のことで忙しいにちがいない。

　遥奈は昨夜のうちに黒枝真也の訃報《ふほう》は知っていた。何といっても真也は有名人なので、相沢病院にもマスコミが大挙して押し寄せて来ていたからだ。

　マスコミはまだ生存している遭難者がここに運びこまれていることも嗅ぎつけていた。そしてもちろん兄の芳樹が病院の研修医であることも。

　兄弟の母親はすでに故人である。黒枝代議士は愛する夫人の病没後、結婚せずに独身を通している。他に子供はいない。とすれば今回の事件で注目の的になっている父親に代わって、芳樹が家族の代表として矢面に立つことも考えられた。

　彼には弟の死がひどくこたえているにちがいない。

　遥奈はできれば芳樹の悲しみの心を癒《いや》したいと思っていた。そして悲しむひまさえないフィアンセの身の上を案じていた。

「失礼します」

院長室をノックした黒枝芳樹は、

「どうぞ」

という相沢庸介の声を確認してからノブを回した。

彼は礼儀正しく一礼して、窓を背にしてデスクに座っている院長に近づいた。緊張と疲労で顔がやや青ざめ疲労の色が見える。

「弟の友人で集中治療室の患者さんが危篤状態です」

芳樹は手にしていたデーターに目を落としている。

「君は辛《つら》い仕事なのによくやっている。後悔はしていないかね」

庸介はねぎらいの言葉を口にした。警察が運びこんできた遺体は霊安室には運ばなかった。死因にウイルスが関係しているとすれば病院の係や遺族が出入りする場所は危険だからである。そのため使用していない地下のロッカールームが収容場所に当てられた。

芳樹の役目はそこで弟の真也を含む四体の死体の変化を観察することだった。もっともこれをいいだしたのは芳樹自身であった。彼の本心は自ら検死解剖を行いたいところだったが、こればかりは無理だとわかっていて諦《あきら》め、せめてもという思いだった。

彼は原因が強力な未知のウイルスであるならば、死体現象にも何らかの変化が起こるのではないか、と推理したのである。

「たしかに意味のある観察だ。だが危険が伴う仕事でもある」

庸介は諭《さと》したが芳樹はきかず、いったい何が弟を死に到らしめたのか、その正体を知りたいと主張した。そこで庸介は、

「わかった。そこまでの決意ならやむを得んだろう。ただしその間こちらが許可するまでいっさい診療には関わらないように。もちろん病棟、手術室への出入りも禁ずる。遥奈にも接触してほしくない。そしてこの件については必ずわたしから直接指示を仰ぐこと。遺体はいずれ県警の指示で検死専門の医師、もしくは微生物学のプロパーに渡す。それまでのことだよ。またあるいは危険物と見做して一方的に焼却の指令が下るかもしれない。そうなってもこちらはそれに従う。いいね」

といい渡した。

以来芳樹は地下のロッカールームの遺体の管理と、生き残っている弟の友人の診療にのみ当たっていた。地下から五階にある集中治療室までエレベーターではなく階段を使う。なるべく人と接触しないように細心の注意を払っていた。

もとより覚悟を決めた時から身の危険は承知だった。もしウイルスが原因だったら、やすやすと感染してすぐにも命を落とすだろう。結婚を決めた遥奈にはすまないという気持ちもあるが、たった一人の弟を失った悔しさと真相解明への欲求はその感情よりも強かった。

「危篤状態の原因は何かね？」

芳樹は運びこまれた遺体とすでに二十四時間以上接していた。芳樹がはじめて目にした遺体は死後半日ほどたったものであり、死後硬直が顕著だった。

現在は硬直は少しずつゆるんできていて、下腹部が膨《ふく》れはじめ紫がかったわずかな腐敗色が確認できた。そしてこれらはごくありきたりの死体現象であった。

「腎《じん》不全です」

「例の塩かね」

庸介はすでに遺体を見ていた。

「細胞が壊死《えし》し続けています。そのため血液中に塩分が多量に排泄《はいせつ》されているんです」

「海の塩とは関係がない？」

庸介は塩まみれのミイラのようであった死体を思い出していた。もちろんはじめて目にするものだった。それだけに体内からあれだけの塩分が排出されるとは思いがたい。あれではまるで塩漬けの肉ではないか――。

「ええ。今のところは無関係と思われます。ただなぜ単なる生理現象の一環である細胞死が、肉体の致死を招くのかわからない。彼らはまだ若く健康な青年たちですからね。普通多量の細胞死といえば老化現象とイコールのはずです」

「何らかの原因で体内に過剰摂取された塩分が原因とは考えられんかね。塩分過多も老化を促す大きな原因になる」

「つまり海の塩分が触媒になって老化が促され、さらに老化による細胞死が内臓、ことに腎臓を犯したとお考えですか？」

芳樹は澄んだまなざしで庸介を直視した。いつ見てもあふれるような熱い意欲と真摯《しんし》な倫理感を感じさせる、いい目だと庸介は思った。医者は、少なくとも相沢病院の後継者はこうでなければならない。

「相乗作用。そして何らかの原因で人間の体が塩の吸引器になってしまう。ということはまだ患者は見込みがある。なぜならここは海ではない。すぐそこに多量の塩があるわけじゃない。老化現象は防げるかもしれない」

「透析は続けていきます。手立てはこれしかありません。何とか細胞死が止まってくれるといいんですが、今のままでは」

そういって苦しげに芳樹は目を伏せた。

「君も心配だ」

庸介は未来の娘婿を気使う言葉を口にした。芳樹はまだ発病していない。一時間毎《ごと》の特殊な血液検査では目に余るほどの細胞死は確認されていなかった。新陳代謝のレベルに止《とど》まっている。平凡な死体現象と合わせて、死因はウイルスではない可能性が大きくなってきている。

それに何より老化を促し、致死量の細胞死を引き起こすウイルスなど、この世に存在するものだろうか？

だがまだ安心はできなかった。感染には潜伏期間というものがあるからだ。

「遥奈さんには当分会えないと伝えてください」

芳樹はさびしげな微笑《ほほえ》みを浮かべながらそういった。

院長室を出た芳樹は非常階段のある場所まで廊下を歩くと、地下へ向かって下りはじめた。まさしく地獄へ続く道だと感じていた。

遺体が収容されている地下二階は現在立ち入り禁止になっている。もっともそこはそれまでも使われなくなったロッカールームの他に、不要になった機材などが積みあげられている部屋が並ぶ廃墟《はいきょ》であった。

芳樹は地下二階に辿り着くとまず手前にある小部屋に飛び込んだ。そこだけは今回の処置のために整備されている。手術室から運びこまれてきた滅菌消毒の装置がぴかぴかと光っている。

彼は白衣とズボン、下着を脱いだ。裸になってするりと用意された空間、シャワー室に似たカプセルに身体をすべりこませる。ここで厳重な殺菌措置《そち》が行なわれる。

その後さっき院長室に呼ばれた時に脱いだ防御服を身につける。これはすでに滅菌器にかけておいてある。防御服は消防隊員の制服と宇宙服の中間のようなものである。

普通は法定伝染病などの強力な疫病《えきびょう》が発生した時に、現地へ赴《おもむ》く医師などが用いるものである。あるいは致死の毒物が故意的にばらまかれた時にも活躍する。頭部と首から下の部分のセパレート式になっていた。顔のところだけ透明の窓がついているヘルメットをすっぽりと被ると準備万端だった。

彼はその格好で小部屋を出て、遺体の眠るロッカールームへと向かった。ロッカールームはにわか作りの霊安室だった。四方の壁を埋めていたステンレスのロッカーが片付けられた後に、遺体を載せる簡易ベッドが四台置かれている。

ただし線香は焚《た》かれていないし、花もたむけられていなかった。これらの遺体はその死が親族や恋人などに及ぼす意味とは無関係に、ただ観察されるためだけに放置されていた。院長に報告した通り、現在遺体の死体現象はほぼ一致している。ということは彼らの死に時間差はそれほどなかったということになる。ただ完全に同じというわけではなかった。死後硬直がとけかかるのは弟の真也が一番早かった。つまり弟は一番先に死んだことになる。

その真実は兄である芳樹を安堵させていた。どういう順番で死んだかは重要なことだった。いの一番に死んだ弟は死の恐怖をあまり感じなかったのではないかと思われるからだ。

遺体は裸で晒《さら》されている。芳樹は彼らが一望できる場所に机を置いてもらっていた。机には集中治療室と院長室をつなぐパソコンがセットされている。芳樹にはここへ座って一部始終を報告する義務があった。

だからさっきの院長の呼び出しは純粋に報告を聞きたいのではなく、むしろ芳樹の心身の状態を気遣うのが目的だったように思われる。

クーラーが利いているせいかまだ腐敗現象はそれほどではなかった。だが真也の顔が紫色にむくみはじめていた。芳樹はその事実をパソコンに打ち込んだ。他の死体の顔はまだ崩れてきていない。その事実も報告した。

それから弟と自分について考えた。その前に亡くなった母を想った。女優だった母は没落した地方の名家の出身だった。それで賞などもらう大女優になったにもかかわらず結婚を願った。美しかったが四十近かった。

その時名乗りをあげたのが、彼らの父親黒枝代議士だった。二世議員の彼はたまたま長年連れ添った妻を亡くしたばかりだったのである。二人は人を介して知り合い、すぐに意気投合して電撃的に結婚した。亡くなった黒枝の妻には子供が生まれず、芳樹たち兄弟が代議士の唯一の直系となった。

一方彼らの母が亡くなったのは真也を産んだ直後である。無理な出産が祟り、持病の糖尿病が悪化したせいだといわれている。

その時芳樹は五歳だったが、弟は生まれてすぐ母親を失ったことになる。それから父親は再婚などせず一人で選挙区を守り抜いてきた。

もしかして父は再婚してくれた方がよかったのではないか。これは芳樹が今まで、弟の無軌道とも思われる刹那的《せつなてき》な生き方を見るたびにそう思ってきた。弟にはばあやではなく、また父の秘書の女性ではなく、母と呼べる存在が必要だったのではないかと。

その証拠に真也は我儘《わがまま》で甘ったれだった。クールで自立心旺盛な兄の芳樹とは対照的であった。目立ちたがり屋で見栄《みえ》っぱり、とりまきと空いばりが大好きだった弟は、実はさびしかったのかもしれないと彼はふと思いかけた。

たとえ義理の母でも受けとめてくれる相手がいれば、仲間たちとの馬鹿騒ぎのはずみで死んだりはしなかったのではないかと。だがすぐに彼はその思いを断ち切った。感傷的になっている自分に気がついたからだった。

どうしたのだろう。考えても意味のないことを考えている。

彼はヘルメットの中でわずかに苦笑を洩《も》らすと、再びパソコンの画面を見据《みす》えることに神経を集中することにした。

しかしできなかった。パソコンの画面に打ち込んだばかりのデーターが消えていく。見えている世界が暗黒に閉ざされる。もちろん彼は何の操作もしていない。

「まさか」

芳樹ははっきりその言葉を口にした。彼は弟の死体と画面の両方を見比べ続ける。真也の口元が開いて微笑んだようにも見えた。

「まさか」

彼は繰り返した。

もとより医師である彼は、霊などというものの存在は信じていない。弟の霊魂がここに漂っているなどという現実を認めているわけではなかった。妄想《もうそう》にすぎないと思う。

(いや、ちがう)

弟の早すぎた死を悼むあまり、心のどこかでそうであってほしいと期待していたにちがいない。それで現実が歪《ゆが》んで感じられてきた。ただそれだけのことなのだ。院長が案じた通り、自分はもう限界状況にあるのかもしれない。

閉ざされていた画面が復活した。彼はほっとしてそちらへ目を転じた。モノクロの画像だった。だが弟ではない、痩せこけた長髪の男が目をぎょろりとこちらに向けている。その目には怒りと悲しみ、両方が見てとれた。一目で栄養失調、あるいは飢餓状態とわかる風貌でもあった。

そしてその刹那、重い脳髄《のうずい》に染みいるような声がこだました。

〝貴様らに呪《のろ》いを、罰を。末代まで祟り申し上げる〟

その後ほどなく声は消え、画面は元に戻った。真也の死体の顔も、もう不可思議な微笑みを刻んではいない。

芳樹の手はキーボードに伸びかけて引っ込んだ。誰がこの事実を信じるというのだろうか？

デスクの電話が鳴った。院長室の秘書の声である。芳樹からの音信はすべてこの秘書が管理している。

「大丈夫ですか？　さきほど音信が不通になりましたでしょう？　調べましたが停電ではありませんでした」

「何かの接触ミスですよ」

芳樹は軽く受け流して電話を置いた。

それから芳樹は記憶のない時間を過ごした。それは奇妙な空白だった。意識はあるのになぜか思考と感情が停止していた。極端にいえば生の実感さえない状態。どれだけの時間が流れただろうか。

気がついた芳樹は机の上のデジタル時計を確認した。午後三時四十分。まだ十五分しかたっていなかった。だが彼にはもっと長く時間が過ぎたように感じられていた。

再び電話が鳴った。今度は相沢庸介本人からだった。

「今東京から厚生省より派遣されたプロパーの方々が到着された。ここにおられる。君にこちらへ来てもらいたい。それから集中治療室の患者はたった今亡くなった。もちろん君も承知のことと思うが」

「わかりました」

答えた芳樹は受話器を置くと魅入られたようにまた画面を見つめた。

画面にはあの餓鬼のように見える男の顔が映っている。またもや死体の弟の顔がうっすらと微笑した。

〝行者寺へ行け〟

〝そこへ行けば何もかもわかる〟

ぞっとするような重い冷えきった声がおごそかに命じてきた。

〝わかりました〟

黒枝芳樹は心の中で呟《つぶや》いた。

彼は立ち上がり、カプセル型の滅菌室で防御服の処置をすませると階段を昇った。行き先はもちろん院長室などではなかった。

四

その日、日下部遼が水野薫と待ちあわせたのは羽田だった。目的の庄内地方へ赴くためである。日下部は今回、警察関係者として事件に関わる。正式には捜査一課井上資料室特別顧問などという、いかめしい辞令を受けている。しかしようはアルバイトであった。

「以後あなたは依願辞職の書類でも書かない限り、このまま顧問を続けることになるでしょうね。非常勤扱いなのは雀《すずめ》の涙ほどの顧問料の他は出したくないからよ」

早速水野に宣告された。

何事も仕事の一環となると少々肩のはる思いであることはたしかだったが、現地へ行くための交通費などの費用が公費で負担されるのは有り難かった。

庄内空港へ飛ぶ機は日に二便である。庄内平野から続く酒田《さかた》寄りの海岸べりは、今の季節海水浴客で賑《にぎ》わう。

それでも二人は何とか隣り合わせの席を確保し、乗り込むと日下部は水野にいくつかの質問をぶつけた。

「塩まみれのミイラ状態の死体は、ウイルスによるものではなさそうだと君はいったね。

その根拠を聞きたい」

「ああ、そのことね」

　水野は膝の上に広げていたノート型のパソコンをバッグに片付けながらいった。飛行機の出発サインが点滅しはじめている。

「リーダーは代議士の息子でアイドルの黒枝真也、兄が医師。それはいってあったわよね」

「うん、聞いている」

「死体が発見された時すぐに病院へ通報された。相沢総合病院。私営だけど当地では市営のものを凌《しの》ぐ繁盛ぶりだということよ。地元の警察にも信頼されている。監察医としてずっと変死にまつわる司法解剖も引き受けてきた」

「庄内地方の相沢病院――」

日下部はその名前を繰り返してみた。記憶の底で何かが反応したからだ。聞いたことがあるような気がした。だがまだはっきりとは思い出せない。その記憶はそう深くも遠くもない類いのもので、だから結局度忘れということになる。

「それで?」

彼はいささか苛立《いらだ》ちを覚えながら先を促した。

「兄の医師は弟の死体発見に立ち合ったのよ。それで数少ない防御服なしで死体と接触した一人になった。周囲が制止するのを振り切って、死体を回収した浜へ飛んでいったと聞いたわ。あとその手の経験をしたのは救急隊員と地元の漁師各一名ずつ。彼らはボートでヨットに接近して事態を見極めたわけね。当然第一発見者たちは死体の状態を予想していたわけではないから、素のまま。もちろん彼らも現在隔離状態にある。これといった感染の兆候は出ていません、今のところはね。ただし潜伏期間が長い可能性もなくはない。とはいえこれだけ発症、致死のスピードが早いものは、たいてい潜伏期間も電撃的に短いのではないかと推定されている。もっともこれも統計的な見方にすぎない。ウイルス説が百パーセント退けられたわけじゃないの」

水野はいいながらパソコンをしまった足元のバッグにちらちらと視線を送った。新しい情報が送信されてきている可能性もなくはない。だが雲の上にいる今は無理だった。

「兄の方は？」

「本人の意志で死体の観察と生き残った瀕死《ひんし》の病人の治療をかってでたのよ。限られた人としか接触しない、厳重に防御服と消毒を実行するという、一種の自己隔離の状態でね。でも有り難いことだわ。そのおかげでいろいろなデーターがこちらにも届けられ、分析され、対処策を練ることができる。辛いでしょうに頭が下がるわ」

そこで一度言葉を切った水野は、

「そうそう、残念なことに今さっき、生き残りの若者が亡くなったという報告が入ったわ。死因は腎不全。透析ではもう間に合わない状態だった」

と続けた。そして、

「いずれにせよ、兄の医師、黒枝芳樹に会ってみたいものだわ。もしかして彼は何か、まだこちらに知らされていない事実をつかんでいるかもしれない」

といってその話を一段落させ、スチュワーデスが配っていった新聞を開いた。新聞などのマスコミ報道はすべて遭難死を伝えている。死体が塩のミイラであったとはどこを探しても一言も書かれていなかった。

共通しているのは、愛息を失って悲嘆にくれる代議士のコメントであった。秘書が代弁したと思われるいかにもの文章が二、三行。そこからは悲しみよりも世間体が色濃く漂っている。

日下部はふと不慮の死を遂げた、若くして名声と富を得ていた、恵まれた人生を送っていたはずの青年に同情を覚えた。彼の生前の孤独を察知したような気がしたからだった。反面自分たちの捜査を依頼した代議士への反感は緩和されてきていた。こうした方法でしか子供の死を悼むことができない、政治家という立場を哀れだと感じたゆえである。これが希薄とはいえ代議士の人間味なのかもしれないとも思った。

一方水野は、

「深刻な事態はマスコミには完全に伏せてあるの。今回は大成功よ。誰も疑っていない。これはもう地元警察と相沢病院のガードの固さの賜《たまもの》よ。少なくともこれがウイルスが原因でないとわかるまでは公にできない。でないと日本国民がパニック状態になるのは目に見えているから」

とやや得意顔でいってのけた。

黒枝芳樹は一階の非常口を周囲に用心深く気を配りながら走り出た。やはり注意を怠《おこ》らず駐車場へと向かう。

勝手に外へ出ることは禁止されているはずだった。芳樹には犯してはならない、タブーのはずだった。それは例の仕事をかって出た時に自分に課したルールでもあった。

(おかしい。どうしてなんだろう)

芳樹は照りつける太陽で熱くなっている愛車に乗り込みながら自問した。

つい二日ほど前の早朝にこの車を動かしたことを思い出した。あれは当直で病院に詰めていた日のことだった。

あの時も記憶は突然なくなった。

そうなのだ。芳樹はそれまで当直室のベッドの上にいたはずだった。昼間の疲れが出てぐっすり眠りこんでいた。

いつものように小量のアルコールでまぶたが重くせつなくなり、白衣のままベッドにへたりこむ。よくある日常ではなかったか?

だが気がついてみると彼は夜が明けたばかりの砂浜に乗りつけていた。テントが張られけたたましいサイレンとともに救急車が到着したところだった。

そして力限りに叫び出したのだ。

「しんやー」

「しんやー」

彼は曳航《えいこう》してくる漁船とボートへ向かって走った。

「やめろ」

「危険だ」

「止《や》めさせろ」

そんな声が聞こえたような気がしたが、芳樹は止まらなかった。正確には彼の生きている身体が、弟の死体に向かって鞠《まり》のように弾んで近づいていった。

しかしどうして突然浜になど行ったのだろう？

あの時、弟の死体があそこに帰ってくることがなぜわかったのか？

考えてみればここからすべてが謎だった。そしてそのことに気がついて疑問を口にする人はいなかった。

そして今彼は、仕事のことで院長に呼ばれていながら別の行動をとろうとしていた。

（なぜなのだろう）

まずは勝手に身体が動き出してしまう、その後で考えや感情がついていっている。そんな奇妙な感じなのだ。

それは死体の置かれている、ロッカールームでの経験とも似通っているように思われる。死人である真也の不気味な微笑と、画面いっぱいに見開かれた恨みのこもったまなざしを思い出す。

つまりこれらのものがすべて幻覚だとすると、自分を動かしているのは狂気だということになる。だがわからないのはその狂気の正体だった。

(狂気が自分を弟の死体へと誘《いざな》っていった？）

（狂気には真也の死を予知もしくは確認する力があった？）

（どちらもとても信じられる解釈ではない。するといったいこれは――)

芳樹はそこまで考え続けてきて、自分がひどく疲れていることに気がついた。全身にびっしょり冷たい汗をかいている。

考えたり感じたりすることが辛い。

ふと何の脈絡もなく楽になりたいと思った。運転席に座っている今の状態も苦しかった。ある種の拘束のように感じられてくる。自分で自分を縛《いま》しめているようだ。

(見えない何者かに抵抗している? しかし、何のために?)

するとまたあの声が聞こえてきた。

〝行者寺へ行け。行者寺へ〟

芳樹はギアを入れ車を発進させた。すると縛しめがするりと解けるのを感じた。彼は身も心も軽やかになった。そしてもう何も考えても感じてもいなかった。

相沢総合病院は町の中心部からやや離れた郊外よりにあった。病院の窓からは見渡す限りの水田が見える。ここは全国でも名だたる穀倉地帯の一つである。

黒枝芳樹は五分も走ると、車ごと水田のまっただなかにいた。果てしなく緑色の穂並みが続いている。陽の光がまぶしい。青空は光の中に冷水をたたえている。北の地方特有のクリスタルな夏だった。

だがここに人影はなかった。もとより海岸沿いではないし、名所旧跡の類いもこのあたりにはないのだ。

芳樹は水田の向こうにふと連なる山々を見上げていた。ここは海と山、そして平野と川がある豊かな自然そのものの土地だった。そして喧騒《けんそう》とは永遠に無縁であるかのようにしんと静まりかえっている。

それがここの日常なのだと彼は思った。見えている山は羽黒山《はぐろさん》、月山《がっさん》などである。湯殿山というのは神社のご神体の名称でその名前の山があるわけではなかった。ただし共通しているのはこれらの山が霊山といわれ、山伏たちが天狗のように山中を跋扈《ばっこ》して修行に励み、天台《てんだい》、真言《しんごん》各密教の流れをくむ山岳宗教のメッカだということだった。

もっともここの住人すべてがこうした宗教を信奉しているとは限らない。生まれた土地なので部外者より少しは知識があるという程度であった。しかし政治家である父親や祖父はずっと羽黒山に関わる儀式に過剰反応してきていた。羽黒山の開祖は皇子能除仙だという伝説があり、それにもとづいて宮内庁から結構な援助が続けられているからである。

「遥奈さん」

芳樹は見えている水田に通っている農道から歩いてくる遥奈を見た。それは突然蜃気楼《しんきろう》のようにふうわりと出現したのだ。

芳樹は信じられなかった。目を疑った。遥奈は白装束を身につけている。それは連山に登る修行者たちのいでたちそのものだった。脚絆《きゃはん》をつけ、杖《つえ》までついている。

毎日のように会っている婚約者の遥奈は清楚で愛らしい童顔だが、その姿の彼女は青ざめた白い顔。しかし突然誘うように婉然《えんぜん》と笑った。凍ったように見えていた唇が際立って赤く変わる。

「遥奈さん」

彼はもう一度大声を出した。なぜなら遥奈は彼の車に向かっているからだった。全速力で近づいてくる。踏み込んでいたアクセルを緩めようとした。スピードを落としたかったのだ。だができない。スピードメーターは依然として八十キロのまま。

「危ない」

とうとう彼はハンドルを切った。しかし遅かった。黒枝芳樹の運転する車は反対車線のトラックと正面衝突した後、水田に落下した。

新幹線の山形駅に着いた西秀子《ひでこ》はバスに乗り換えた。そこから出羽三山のある町まではバスが便利だった。電車もないことはなかったがいかんせん数が少なすぎる。飛行機は問題外。

西秀子はちょうど六十歳。東京在住。今年銀座にある呉服店を定年になったばかりであった。

毎年この時期になると、所属している宗教団体の一行に混じってかの地を訪れる。といってその宗教団体の幹部であるわけでも、とりわけ信心が厚いというわけでもなかった。羽黒山詣《もう》では子供の頃からそうしてきたから続けているにすぎない。秀子は物心つくかつかないうちから母に手を引かれて、出羽三山を訪れた。

「どうしてうちではあそこへ行って拝《おが》むの?」

いつだったか、聞いてみたことがあった。その時母は困ったように頭をかしげ、

「さあ、なぜかしら。ほんとうはお母さんにもわからないの。お母さんはここへお嫁にきただけだから。でもお父さんもおじいちゃんも、そのまたおじいちゃんもずっとそうしてきたといいますよ」

といった。

母はすでに亡くなっているが、葬ったのは先に逝《い》った父や祖父母と同じ家の近くの檀那《だんな》寺だった。してみると出羽三山は葬儀や墓とは無関係ということになる。

ただ亡くなる直前に母は、

「あなたが結婚しないで独り身なのが心残りでならないわ」

といった。

「わたしなら大丈夫よ」

深い意味もなく秀子は母の心配を打ち消した。

「ところがそうじゃないのよ。うちではあなたの弟も事故にあって早くに死んでしまったでしょう。まだ二十歳だった。結婚もしていなかった。あなたにも子供がいない。ということはうちはあなたで途絶えてしまう」

死に瀕《ひん》した母は大きな目を見開いた。

「そんなごたいそうな家でもないでしょうに」

「そういう問題ではありません」

母はその時病人とは思えない力のこもった声を出した。そして、

「西家は子孫を絶やしてはいけないの。絶やすと必ずとんでもない悪いことが起きる。山の神がお怒りになる。わたしがあなたのお父さんやおじいちゃんから聞いているのはこれだけ。でも悪いことはきっとあなたにも降りかかるかもしれない。わたしはそれが心配なの。お願い、毎年のお参りだけは決して忘れないで」

と言葉を続けた。それが母の最期の言葉だった。

秀子はその母の遺言を忠実に守った。正直なところこれがなければ、出羽三山詣での連れであった母の死とともに打切りにしたかもしれなかった。

母の葬儀に身内は母方の遠縁だけだった。父方には一人も参列者がいなかったのだ。思えば弟の時も年老いた伯父《おじ》という人が一人きりだった。その人もまた、今際《いまわ》のきわの母の言葉に似た発言をした。

「これで秀子にしっかりしてもらわんと西家は途絶えるな」

とつぶやいていたことを覚えている。あの高齢の伯父は祖父の兄弟筋だったのだろうか？　もちろん父の時にはもうその姿はなかった。


「しかし西さん、思い切った決断ですね」

秀子はバスの中で隣り合わせた団体内の知人に話しかけられた。知人は秀子と同年輩の男性、胃がんの手術を二度していた。

バスは、毎年五十人ほどのこの団体が貸し切るもので、全員が恒例の白装束姿である。秀子も例外ではない。

「東京を離れて出羽三山の近くに住むことですか？」

秀子は微笑みながら答えた。

「慣れない仕事なんじゃないですか？」

実をいうと秀子が見つけた再就職先はこの会と関係があった。律儀な月刊の会誌に住みこみ家政婦の募集が記載されていたのだ。働く場所は相沢総合病院院長宅。

「もう面接はすんでいるんです」

すでに秀子は住んでいた東京の家を人に貸して荷物を相沢家宛《あ》てに送ってあった。

「たしかに西さんならきちんとした身なりや応対ができる人だし、名士の院長宅では願ったり叶ったりという人材だろうと思います。ただもうこういう修行の旅はご一緒できないわけですよね。それがちょっと惜しい」

聞きながら秀子は相手が五年前に長年連れ添った妻をなくしたことを思い出した。以後自惚《うぬぼ》れではなく相手の好意も感じていた。だが結婚はもう自分とは無縁だと秀子はつき放した思いでいた。たとえこの年で結婚したところで子孫を残すことなどできはしない。

そこで、

「そうそう、相沢さんのところではご結婚まぢかのお嬢さんがおられるんです。その方に着物を見立ててほしいともいわれていて、いろいろ生きがいがあるようなんです。地方ではまだ着物が嫁入り道具の一つなんでしょうね。うれしくなりましたわ。わたしにもお役にたつことがあるなんて」

と話の矛先《ほこさき》を変え、さらに、

「母が亡くなってから気がつきました。あちらの自然は素晴らしいわ。もう完璧といってもいいくらい。ほんとうはあそこが西家の故郷だったんじゃないかなんて思ってしまう。だからわたしの決意は固いんです。少なくとも思いつきなんかじゃなく、あそこに骨を埋《うず》めてもいいくらいの意気込みなんですよ」

といい切った。

五

出羽《でわ》三山のふもとの地方がわが故郷のように思える。西秀子は自分でいってから奇妙な感動を覚えていた。実はそうだったのかという思い――。

だが考えてみれば母が亡くなるまでの彼女はかの地がそう好きではなかった。子供の頃から山に近づくにつれて、神経がぴりぴりと震えるような緊張感が伴った。白装束の集団が奇異に感じられ、母や自分がそのなりをするのも抵抗があった。恐怖ほどは強くないが、それに似た忌避《きひ》の対象が三山だった。

（それなのになぜだろう？）

（いつからなのだろう？）

たしかにこの変化は母の死後生じてきたものだった。といってすぐに激変したわけではなくて、日々少しずつ、何ものかに浸食されるかのように変わってきていたのだ。

「その証拠によくあちらの夢を見るんですよ」

秀子は相手に向かって話を続けていた。そうだ、夢だ、繰り返し見る庄内の夢が自分をあの地に惹《ひ》きつけたのかもしれないと思う。

「ほう、どんな夢です？」

相手は興味をそそられた様子で話に乗ってくれた。

「背の高い白い山百合《やまゆり》がいちめんに咲いている場所なんです。急な坂道を登った先にそんな場所が開けているんですよ。それはそれは清楚《せいそ》な風景で感動してしまう——」

「どうしてそれが庄内だとわかるんです?」

「あら、会誌をごらんになっていません? あちらでは山菜摘みが農家の結構な副業で、山百合の根は食用にされるんですよ。そのことがわりにくわしく会誌に書かれていたことがあったんです」

「するとそれをあなたが覚えていて夢に見た?」

「だと思います。ただ」

いいかけて秀子は口ごもった。相手に清楚な風景に感動したと話したのは半分しか真実ではなかった。夢の中で彼女は大きな百合の花が揺れ続けるのを見ていた。花は風に揺れるたびにその数を増やしていった。そして一本の茎に二個ほどだった花が、いつしか十個近くになって大きな球を作った。その様子が人の顔のようにも、個々の花が目のようにも見えた。百合特有の芳香が濃厚に漂っている。いつも目覚めるのは吐き気を感じるからだった。

「ようするにそれほど魅せられていたということですわ」

秀子はそういって上手《うま》く話にけりをつけた。

バスの旅は長かった。途中彼女も隣りの男性もともに疲れが出て仮眠した。秀子はやはりまた夢を見た。

例によって大きな球になった百合の花の集団が茎から離れて飛び立った。アドバルーンのように見える。秀子はついていった。自分がどこにいるかはわからない。だがついていくことだけはできるようだ。

目のさめるような青空とエメラルドグリーンの穂並みが見えてきた。次の瞬間、のどかな田園風景を切り裂くかのようにクラクションが鳴り響いた。タイヤのきしむ音と衝突する際の金属音が交互に重なる。

自動車事故だった。

秀子の視線はぶつかった後、跳ねのけられるように水田に落下した自家用車に集中している。その目は運転席にいる見知らぬ青年に注がれていた。額から血を流している青年は重傷で生死をさ迷っている。

仮眠から目覚めた秀子はこの夢の話を遅れて目を覚ました相手に伝えた。

「それ弟さんじゃないんですか？　信仰の山のある土地にあなたが定住するとあって、供《く》養《よう》してもらいたくなったのでは？　あるいはあなた自身、そうしたいと思っておられる」

すでに相手には若くして事故死した弟の話はしてあった。

「かもしれません」

秀子は一応うなずいてみせた。だがわかっていた。あれは断じて弟ではない。見も知らぬ青年なのだ。だがどうしてそんな相手の顔があそこまで生々しく夢に出てきたりするのだろうか？　秀子は青年が実在しないことを心から願った。

庄内空港に到着した日下部《くさかべ》と水野は相沢総合病院へと向かった。すでにアポは取ってあった。

「すでに厚生省の連中が到着しているはずよ。つまりわたしたちが直接死体を検分することはできない。管轄《かんかつ》ちがいというわけだから。でも大丈夫。今回に限り情報は流してもらえる。何しろここの出身の黒枝章吾は次期総理候補で、今回の仕事は彼の内示によるものですもの」

いつになく水野は威勢がよかった。

ところが病院へ着くと、受け付けで三十分ほど待たされた。多忙な相沢院長の予定が押せ押せになっていると説明された。

そしてやっと対面が叶《かな》った相沢庸介は苦渋に満ちた顔で二人と向かいあった。まず遺体が政府筋の研究所に引き取られていったことが報告された。

それから死体の異常な状況について、今の時点で判明している事実が報《しら》される。防御なしに接触した人たちに感染の兆候が見られないこともつけ加えられる。最後の一人が亡くなったことは事務的に伝えられた。

「また遺体には今のところ、これといった異常は見られません」

「一つ質問なのですが、よろしいでしょうか？」

日下部は話を切り出した。

院長は明るさのみじんもない顔で答えた。

「聞くところによれば、黒枝真也さんのお身内であるお兄さんが遺体をずっと観察されておられたそうですね。それ少しおかしくないですか？　だって死体はすでに塩づけのミイラ状態でしょう？　変化のしようがない。ウイルスとか寄生虫とかを疑われていたことも聞いています。そういうケースだと、遺体が変化するという例が多いんでしょうか？」

「困りましたね」

相沢庸介は苦笑した。

「わたしの専門は循環器内科なんです。微生物学の勉強をしたのははるか前の医学生の頃、それも試験直前でした。だからあなたの質問にはそれほど正確には答えられません。ただ皮膚に塩を吹き出していた死体については多少お答えできます。あれは人間の干物とまではまだいっていませんでした。完全なミイラではなかった。ということは当然、内臓中心に腐敗現象などの変化は起こり得るわけですよ。黒枝芳樹君はそれを観察していたわけです。それとウイルスや寄生虫との関わりについては、わたしは全く不案内です。知っているのはペストが全身まっ黒になって死ぬ黒死病といわれたことぐらいです」

「その黒枝医師にお会いしたいのですが」

水野は単刀直入に申し入れた。

「それが残念ながらできないのです」

相沢庸介は悲痛この上ない表情になった。そしてついさっき黒枝芳樹が事故を起こし、ここに運びこまれて重体であることが報された。

「飲酒運転や薬物使用の可能性は？」

水野はずけずけと聞いた。統計的に見て酒と薬は衝突事故の要因の一つであった。

「ありません。反応は全く出ていません。ですから事故の原因については見当がつかないのです。それからいくら相手が大型トラックとはいえ、彼だけがひどい傷を負って向こうは車体にかすり傷程度だということ、これも不思議だと警察ではいっています。まあ、彼の運が著しく悪かったということでしょうね」

そういって相沢はがっくりと肩を落としかけた。

その時電話の内線が鳴った。電話に出た院長は秘書と短い会話を交わした後、彼女が取り次いだ相手と二言、三言話をすると受話器を置いた。

「よかった。よかった」

額に汗をにじませた相沢庸介は別人のように顔を輝かせている。

「今京都の甲西大学から片桐一人《かたぎりかずと》先生がかけつけてくださることになりました。もちろんご子息を案じられる黒枝代議士のはからいです。片桐先生は脳外科の若きホープです。権威にはにらまれることもあるが素晴らしいメスの冴《さ》えを誇っておられる。これで芳樹君も救われます。彼は現在重度の脳挫傷《のうざしょう》で少なくともここのスタッフでは対応することはできない。植物状態になるのは時間の問題なのです。それが救われる。ほんとうによかった」

そこで彼はほっと安堵《あんど》の一息をつくと再び受話器を手にした。秘書に命じる。

「遥奈《はるな》をここへ呼んでくれないか」

それからはじめて余裕の笑顔を日下部に向けた。

「ご挨拶《あいさつ》がおざなりで失礼しました。さっきはすっかり動転していたものですから。実をいうと黒枝芳樹先生は娘遥奈の婚約者なのです。遥奈は三年前に英陽女子大の食物学科を卒業しています。日下部先生のことはあれこれとお噂《うわさ》を聞いておりました。すっかりお世話になりました。ありがとうございました。これを機にまたよろしくお願いします」

「相沢遥奈さん――」

その名前を言葉に出してみて日下部は微笑《ほほえ》んだ。たしかに名前は記憶にひっかかっていた。庄内の相沢といわれて聞いたことがあるような気がしたのはそのせいだった。

「先生とゼミ旅行をさせていただいた話など聞きました」

「なるほど」

彼はそこで完全に納得した。ゼミ旅行では夕食の折、学生たちから出身地の自慢話を聞くことにしていたからだ。相沢遥奈を印象強く覚えていないのは、彼女が目だたないお嬢さんタイプだったからにちがいない。

黒枝章吾は移動中の車の中だった。現在臨時の国会が開催中である。全国的に警察や各省の不祥事《ふしょうじ》が続発していて、日々関係官僚や重職者たちが喚問《かんもん》されている。現在の総理大臣も政治献金などの問題で矢面に立たされていた。今の政権は発足して三年あまり。ぼちぼち総理退陣の声も囁《ささや》かれはじめている。

「お気になっておられますね」

代議士は後部座席を占領している。声をかけてきたのは助手席に座っている第一秘書だった。章吾と変わらない年齢の五十代前半で男性。すこぶるつきのやり手である。顔は見えない。黒子《くろこ》に徹することに長《た》けた逸材でもあった。

「政局のことかね？」

黒枝代議士は常日頃から感情家であることを恥じていた。

「いえ、ご子息たちのことです」

女房役に等しい第一秘書は章吾の心の動きにも通じていた。

「真也のことならもう警察の知人に頼んだ。調べている最中だろう。芳樹の方は手を打った。片桐一人は脳外科の第一人者だ。まかせるしかない。それにどちらもおまえの指示で決断した。他にできることでもあるのか？」

「真也様はもうお亡くなりになっています。これはもう仕方がありません。ですが芳樹様はまだ生きておいでだ」

「それが何だというんだ？」

章吾は思わせぶりな相手のいい方に苛立った。

「トップアイドルだった真也様はお兄さんのように医者にはならなかったし、社交家であられた。あなたの後継者ともくする人もいました。現に年齢がきて立候補すれば、どんな選挙も当選なさったでしょう。あの方には人をひきつける何かがありました」

「だから?」

章吾は先を促した。第一秘書はただ繰り言のために、代議士の貴重な時間を使うような馬鹿ではなかった。

「現在芳樹様は重体です。後頭部に深刻な挫傷がある。実は今我々はある決断に迫られています。片桐一人は治療を請け負うに際してある条件をつけてきているんです。手術を含むいっさいの治療について何ごとが起きようとも、苦情を申し立てないこと。これが誓約書の形でファックスされてきています」

「しかしほっておくと芳樹は死ぬのだろう?」

章吾は虚《うつ》ろな口調になった。

「だからそれにサインするのも仕方がないのだろうな」

だが秘書は、

「もとより芳樹様は内向的な性格。あなたの後継者には不適切でした。とはいえ普通に生きていれば何とかなったかもしれない。つまりここで決断しなければならないのは、政治家のあなたが芳樹様の回復を、たとえ命の継続なりとも望んでいるか、どうかということなんです」

と冷然といい切った。さらに、

「植物状態のわが子をもつ政治家というのも悪くはありません。ただ生命維持装置については賛否両論ですからね。めんどうなことに巻き込まれる可能性もある。尊厳死や移植問題と直結していますから」

とつけ加えた。

「どうします？」

例によって締《し》め括《くく》る言葉が吐かれた。

「君に任せよう。君が一番わたしの進退に通じている」

代議士はやはり虚ろな声で答えた。

「新幹線の手配が終わりました。東京駅で乗り換えです。本日飛行機の便はありません」

医局会議に出た後、研究室に引き返した片桐一人は、待ち構えていた中年の女性秘書の報告を聞いたところだった。だがすぐに卓上の電話が鳴った。弾《はじ》かれたように秘書は電話に出た。そして終わった後、上気した顔で、

「新幹線の手配は取り消します。伊丹《いたみ》空港までのハイヤーが必要になりました。黒枝代議士のつてで自家用ジェット機が用意されるとのことです。ジェット機は地元の建設業者である本橋《もとはし》さんの所有です。これを空港に待機させているとのことでした」

と伝えてきた。

「はてね。どうしたものか」

片桐一人は丸い童顔の中でさらに丸いビー玉型の目を見張ってみせた。片桐一人は四十五歳。童顔からは想像もできない力量の持ち主だった。

「すみません。勝手に返事などしてしまって。考えてみれば自家用ジェット機など物騒ですよね。お断わりの電話を今すぐ――」

秘書はすでに顔中汗だらけになっている。

「ちがいますよ」

片桐はおだやかな声でなだめた。それから、

「どうしたものかといったのは交通手段のことではないのです。だからあなたの管轄ではありません。ぼくはただ治療のことをどうしたものかと考えていただけなんです。いいです。ハイヤーを呼んでください。その続きはそれが来るまで一人になって考えます」

といいインスタントコーヒーを手ずからいれると、隣りの応接室へとひきこんだ。

ほどなく白衣の中で携帯が鳴った。

「またあなたでしたか?」

片桐は少々うんざりした声を出した。相手は黒枝代議士の第一秘書と名乗る男性だった。

「ご決断いただけたかと案じられましたものですから」

あくまで言葉遣いは丁寧《ていねい》だった。しかし片桐はむっとして、

「ぼくは治療はさせていただくとだけ申し上げたつもりですよ」

といった。

「わかっております。とはいえ先生はアメリカの医学雑誌で、従来の脳外科の技術ではいくら駆使しても救えない致命傷が多いことを嘆いておられます」

「それはその通りです」

「あるいはまた脳に関する限り、臓器移植などの治療はシャットアウト。非常に治療の可能性が狭《せば》められることも指摘されておられる。興味深かったのは現在脳の働きが十分わかっていないから治療が限定されているのではない、脳が神の領域だから不可触とされているのだというご意見でした。このままでは脳外科の将来は暗いと」

「たしかにそう書きました。ですがそれは脳を特別視しすぎる見方、つまり極端な精神主義へのアンチテーゼにすぎません。脳が運動神経などの拠点であることも忘れてほしくない。実際に脳移植に賛同しているととられるのは論外です」

そこで相手は話を変えた。

「あちらの準備はもう万端です。何か必要なものはございませんか?」

「ないね」

片桐はそっけなく答えた。電話のこの男は、たとえ人の脳でもそろえろといったら手配しかねないように思われる。不気味だった。

「いっておくがわたしは脳移植の研究などしたこともないし、興味もない」

「へえ、そうなのですか?」

相手は曖昧《あいまい》な声を出した。

「だからそれを期待されるとしたら期待外れだ」

「すると治療後の患者の状態に責任を負わないという誓約書の意味は？　あなたほどの方です。形通り患者が死ぬ確率が高い治療だから念のためにという、低いプライドにもとづくものではありますまい」

　もとより相手は職業柄読みが深かった。

「送信されてきたレントゲン写真は拝見しました。脳はほとんどぺしゃんこの状態ですね。機能が停止するのは時間の問題でしょう。ここまで損傷が著しいと植物状態で生き延びることもおそらくむずかしいでしょう。心臓などの内臓器官を働かせている神経も、脳にはありますからね。だからといってわたしは移植は考えていません」

　片桐はきっぱりといった。

「それでもあなたは治療の可能性を見いだせる？」

「ええ」

　答える片桐は知らずと口を真一文字にくいしばっていた。

「ただし、自分の信念に恥じない方法でやり遂げるつもりでいます。しかしご家族にはこうではなかった、こんなはずではという思いをさせることになるかもしれない。もっともそれも最小限に止《とど》められるはずではありますが。誓約書を持ち出した理由はそれでした」

「わかりました。安心しました。お任せいたします」

　電話は切れた。

やがて秘書がハイヤーの到着を片桐に報せに来た。ほどなく片桐一人はそれに乗り込んで伊丹空港をめざした。

途中彼はほんの一瞬だが、どうして自分は事故に遭ったという青年を助けに行くのだろうかと考えた。

医学部の外来には彼の手術を待つ患者たちが常にあふれていた。代議士の秘書が電話をかけきた時もその状態は変わっていなかった。

（代議士のお声がかりだからだろうか？）

そうであろうはずはなかった。片桐一人の家は江戸末期のどさくさに京都に住み着いた、東北からの流民が先祖だった。祖父の代には地主階級との闘争も知られており、今でも支持政党は野党、代々保守政権とは無縁に過ごしてきた。

保守派の第一人者で次期総理候補からの依頼となれば、本来にべもなく断っていた可能性が高い。

（なぜだろう）

彼は疑問だった。

わかっているのはただ一つ。

「いいでしょう。うかがいましょう」

そう答えた時見えたものだった。受話器を握って座っていた片桐の正面の壁に、髭《ひげ》だらけの汚れた顔が浮き上がって見えた。こちらをにらんでいる。目と歯を凶悪な野獣のように剝《む》いていた。何ともいえない怨念《おんねん》の権化のようだった。

なぜか片桐はその顔がなつかしかった。もっともそれは写真で見たり、実際に看取《みと》ったりした先祖の誰にも似ていなかった。しかし遠い先祖と関係のある、何かを見たような気がした。あるいはその先祖が吸ったであろう空気や臭《にお》いを感じた。そしてその親近感こそが彼を今回従わせていたのだった。

六

片桐一人は到着してからすぐに指令を発し、黒枝芳樹の手術が開始された。日下部と水野は相沢庸介の一人娘で教え子の遥奈と三人、院長室に隣接している応接室で待つこととなった。

夕方からはじまった手術は深夜にまで到《いた》るだろうと院長はいった。相沢庸介は愛娘《まなむすめ》のフィアンセのために手術に立ち合うことにしたのだ。

「専門外だから無力だがね。せめてもと思って」

「パパ、お願いします」

遥奈の童顔は青ざめきって目から涙があふれ続けている。その時日下部は学生だった遥奈を鮮烈に思い出した。例のゼミ旅行の夕食後のひととき、学生たちに各々の故郷の話をさせた時、たしか彼女は故郷は父親そのものだといった。今その一語一句を思い出した。

「わたしの父は故郷の病院で働いています。母は小さい時に亡くなりました。夏はいいけれど冬は雪ばかりでさびしく暗い東北の田舎です。でも父は一年を通して忙しくそして輝いているように見えます」

すぐに思い出せなかったのは優等生の作文のように感じられたからだと思う。他の学生は故郷に伝わる民俗や風俗、歴史、伝説の話に花を咲かせていた。

「遥奈」

庸介はショックに耐えかねている様子の娘を見つめて目をしばたかせてから、

「よろしく」

日下部の方へ一礼して部屋を出ていった。

時間がすぎていった。夕食は秘書が手配したものらしく仕出し屋が現われた。近くの浜でとれる伊勢《いせ》えびなど贅《ぜい》を尽《つ》くしたご馳走が膳《ぜん》ごと運ばれてきた。だが、重い沈黙がたれこめていて、三人とも箸《はし》をつけかねている。

「これからここに誰かおいでになるんですか?」

茶を運んできた秘書に聞いた日下部は、膳の数が六人分であることに気がついた。

「最上《もがみ》会の皆さんがおいでになる予定です。皆さん黒枝先生のことを案じられているはずです」

秘書は答えた。

「最上会とは?」

日下部は秘書に聞いたつもりだったが、隣りに座っていた遥奈が答えた。

「最上会とは元藩主の縁につながる重臣などが集まる会です」

遥奈の目はまだ真っ赤だったがもう声は震えていない。

「黒枝家が元藩主の家柄?」

水野は興味を惹かれたようだった。

「いいえ。元藩主はうちです。といっても明治維新の時の藩主ではなくて、うちは江戸中期、ここがいくつもの藩に分割されていた時の一藩主にすぎません。ですから藩主といってもほんの小さな藩の主にすぎないんです」

「黒枝家は家老格ですか?」

「ええ。いちおうそう聞いています」

「するとあなたとフィアンセは世が世なら、藩主と家老、お姫様と家来の縁組ということになるのね」

水野はため息をつきかけた。よりによってこんな二人に信じられないような悲劇の暗雲が見舞うとは——。

「他の方々は……」

日下部が聞きかけた時、応接室のドアが開いた。背も高いが横幅もある恰幅《かっぷく》のいい青年の顔が見えた。

いかにも地方の若き成功者といった面がまえで、上等の背広は着ているものの、垢抜《あかぬ》けしていない。だが本人は得意の骨頂といったキャラクターだった。きっと人は悪くないにちがいない。

続いて入ってきた二人は女性で対照的だった。一人はほっそりしていて影のように長く、やや少女趣味的な印象。裾《すそ》と袖《そで》にチロリアンテープのついたカーキ色のワンピースを着ている。

もう一人は濃紺《のうこん》の麻のスーツ姿で、どうかすると野暮《やぼ》ったくなりがちな半袖のジャケットをシャープに着こなしていた。髪はかなり赤く胸元のジュエリーはティファニーのプラチナ。リングも揃《そろ》いの物で統一されている。ただしその位置は中指でまだ独身。

遥奈は芳樹の事故と手術について短く説明した後、日下部と水野を紹介した。警察関係の仕事で訪れ遭遇した日下部については、かつての恩師でもあることを強調する。

「本橋達也《たつや》です」

粗野だが同時に活《い》きの良さも同居させている本橋達也は胸を張った。

「芳樹を手術する偉い先生を運んできたのはうちのジェットです」

といいさらに資産家であることを誇った。

「松田美也子《みやこ》です」

おとなしめの女性はやはりひっそりと自己紹介した。眉《まゆ》を寄せて、

「ああ何てことかしら。何とかして、手術、成功してほしいわ」

遥奈に向かってつぶやいた。

「中根《なかね》のどかです」

片やもう一人は自信たっぷりの微笑を浮かべかけて、あわてて不謹慎《ふきんしん》だと気がついたのか、赤い唇を引き絞るように嚙《か》みしめた。そして、

「遥奈ちゃん、元気を出すのよ。頑張るのよ」

湿り気のない乾いた声で励ました。

三人は席について箸を取った。すでに顔が赤く酒臭かった本橋は、手持ち無沙汰《ぶさた》そうに茶ばかり飲んでいる。実は得意先の宴席を抜けてきたのだと彼は白状した。

二人の女性たちは黙々と箸を動かし続けた。つられて水野と日下部も膳に向かった。遥奈は形だけ箸をつけてすぐに置いた。

夕食が片付けられると、時間を埋めるために会話が続けられた。はじめに日下部が直感した通り、この集まりのメンバーは各々が特に親しいというわけではなかった。

「何かことがあると呼び寄せられる。この前集まったのは中根さんの家のお父さんの時だった。だからたいして意味はないんじゃないですか」

本橋がいいかけると、中根のどかは、

「父は癌《がん》の末期だったのよ」

険しい光を視線に宿した。

そこで日下部は三人の家についていくつか質問してみた。建設業を営む本橋達也の家は地元企業の最大手であり、松田美也子の家は代々寺の住職が生業であった。中根のどかの

先祖は名字帯刀を許された豪農。やり手の父親の代から膨大な量の不動産を活性化させるべく、不動産業を営んでいる。父の跡を継いだのどかも父親譲りのやり手と評判だった。

「建設業と不動産業なら連携することもあるんじゃないかな？　結構顔は合ってる？」

日下部は不仲の様子の二人に聞いてみた。

「まあね」

のどかは四角く張り出た顎《あご》をしゃくった。

「とにかく手ごわいですからね」

本橋は苦笑した。一方水野は、

「医者とお寺も連携する？」

と聞きかけて、しまったという表情になった。瀕死《ひんし》の芳樹のことを考えるとたしかに不謹慎であった。だが松田美也子は、

「うちは代々祈禱《きとう》寺なんです。檀家《だんか》がいないので関係ありませんわ」

真顔で答えた。

「お医者さん、政治家、住職、建設業、不動産業。最上会は名士ばかりのそうそうたるメンバーなのね」

水野が感心したようにいったのは前言をとりつくろう意味もあったようだ。

「家臣団に僧侶《そうりょ》や豪農がいるのはなぜかなと思う。相沢、黒枝、本橋の三家が元武士で、後年、それぞれ適性のある職種に進んだのは理解できるんだが。普通この時代は士農工商

の身分制度が歴然としていて、縦のつきあいはなかったはずだから」

日下部はそう洩《も》らして首をかしげた。

「つまりはでたらめなんですよ」

本橋がうんざりした声をあげ、続けた。

「最上会なんて都合のいいでっちあげなんだと思いますね。おおかた自分たちの利益を守りあうための集合なんじゃないですか？　もとを正せばみんなそこらの馬の骨ってことですよ」

「そういうのいい考えだわね。大賛成。わたし小さい時からお姫様っていわれるの、苦手だったの」

遥奈が同調した。

「へえ、本橋家の先祖が代官所の下っぱ役人だったからって、ずいぶんないい方をするのね」

中根のどかは辛辣《しんらつ》な皮肉を口にした。そして、

「本橋家と大庄屋のうちは違うし、玉藻寺の松田家も違う。黒枝家はもともと代々代官で、江戸時代のある時期にその土地の藩主にとりたてられて家老職についた。その藩主というのが相沢家。わかっていないことなんてないわけよ」

と続けた。

「ところで相沢家は藩主でい続けられなくなった後は何を？　やはり医師ですか？　昔だ

と漢方医?」

日下部は聞いてみたくなった。

「薬草から煎《せん》じる薬を調合、売っていたと聞いてます。だから曾祖父《そうそふ》の代までは薬局を営んでいました。それもあってお姫様なんて似合わないし信じられない」

遥奈はいささかうんざりした顔になっている。

「でもひいお祖父《じい》さんの代以前からこの最上会はあったわけでしょう?」

「そうなんです。でもいつからとは聞かされていません。お寺にある古文書にも残されていないんです。わかっているのは最上会のメンバーの条件は各家の跡取りであること、メンバーの生き死には必ず集まること。これには命を左右する病気などの時も含まれます。それからこのところ結婚する人がいなくて誕生がないんですけど、赤ちゃんが生まれた時も集まるそうです。わたしの時も各家が集まって安産を祈ったと聞きます」

松田美也子がはじめて話に加わった。

「なるほど。昔は出産も命がけですからね。どうか母子ともに無事にと神に祈ったわけでしょう。そして今こうして皆さんは黒枝医師のために、彼の手術の成功を祈っていることになりますね。つまり最上会とは祈りの継続を意図した会なのではないですか?」

「わたしは常々そう思ってきました。この会は人間の生活に密着した信仰の尊さを後世に伝えるものだと――」

美也子はうなずいた。

「ふん、馬鹿馬鹿しい」

本橋達也は一笑にふした。

「最上のメンバーにそんな奇特な心がけがあったなんて信じられることじゃない。特に玉藻寺にいたっては、高邁《こうまい》な信仰が生き続けてきたとは考えられないな。お願いだからやめてくれといいたいものがある。本堂の即身仏が着ている衣のことさ。毎年ミイラに衣を着替えさせ、脱いだ物を細かく切って袋に詰める。これをお守りにして売る。あれはどう見ても胡散臭《うさんくさ》いインチキだ。この地方のイメージと観光を汚していると思う」

「仕方がないじゃない。玉藻寺は祈禱寺で檀家からの収入がないんですもの」

中根のどかが加勢した。だが当の松田美也子はさらに浮かない顔になった。小さい声で、

「その通りよ。それから祀《まつ》ってある即身仏についての講釈に問題があるのも事実。恥ずかしいわ。調査をもとに書かれた本とはまるでちがう内容なんですもの。それを父は毎日観光バスが着くたびにとくとくと話す。やりきれない思い――」

といい添えた。そして、

「だからわたし女ばかりのきょうだいの長女なんですけど、お寺を継ぐかどうか考えているところなんです。この先何百年とついてきた嘘《うそ》をつき通す自信がなくて」

と救いをもとめるような表情になった。

一方のどかは、

「それで彼女、家を出て農場レストランをはじめたのよ。場所は格安な出物があってわた

しが世話したんだけど、これが当たったの。ほら、今は自然食とかハーブがブームでおまけに定着しそうだから。こんな古くさいところでも若者たちに吹く風は新鮮なのね」

といって胸を張った。これでやっとのどかに対して美也子が一歩も二歩も引いている様子が理解できた。それから美也子がたいして似合わないチロリアンスタイルをこなしている理由も。

それからのどかと本橋のそりが合わないのは、二人が強く独裁的な気性を持ち合わせているがゆえであることも――。

さらにのどかは、

「とにかくこの人は真面目《まじめ》すぎるの。実家の玉藻寺だってそう悪いことをしているわけじゃないのに、思いつめちゃうのね。ミイラの垢《あか》がしみこんだ布っぱしをお守りにして売るのと、しこたま賄賂《わいろ》を使ってお役所からの仕事をものにするのとどっちが悪かしら？」

手ひどい本橋へのあてつけを口にした。だが本橋も負けてはいなかった。

「そうかね。それをいうんならこれもいえるんじゃないか？　建築屋にあっちも抜け、こっちも抜けといっては手も金も抜かせ、ろくでもない欠陥住宅ばかり造っては売っている。目的のためには手段は選ばない。金、金、金。金がすべて。その手の会社のオーナーはライオンのような女だと聞いてるぜ」

吐き捨てるようにいった。

「その言葉、もう一度いってみなさいよ」

のどかの眉間《みけん》に青筋が立った。

「何度でもいってやるさ。だけど俺ならライオンなんて可愛《かわい》げのある例えはしない。あんたはしたたかで無節操な鬼婆だよ、まちがいなく」

「何ですって」

のどかは立ち上がり座っている本橋につかみかかりかけた。

「二人ともやめて」

とうとう遥奈が声をあげた。そのとたんのどかの動きが止まった。

「不況続きで建築も不動産も大変なのはわかるけど、足のひっぱりあいは醜《みにく》いわ。それに何より今どういう時なのか考えてほしい。わきまえなさい」

遥奈は厳しい表情で二人を見据《みす》えている。もとよりこの四人の中で遥奈が一番年少だった。それでいて毅然《きぜん》とした彼女の態度は、直接この件には関係のない日下部をもたじろがせるに充分だった。貫禄《かんろく》さえ感じさせる。やはり相沢遥奈の先祖は無類のリーダーであったかと納得させられてしまう。

「そう、そうだったわね。ごめんなさい」

まずのどかが頭を垂れた。

「すまない。俺《おれ》、どうかしてた。きっと酒が入っていたせいだ」

本橋は悄然《しょうぜん》とした様子でまたぞろ茶の入った湯呑《ゆの》みに手を伸ばした。

そこで水野は、

「ちょっと皆さんの話を離れることなんだけど」

と前置してから本題に入った。彼女は膝《ひざ》の上のパソコンをちらちらと見て操作しながら、ずっと話の流れを見守ってきていた。

「黒枝芳樹さんの事故のことなのよ。わたしが疑問でならないのは、どうして彼が勤務中あんな場所で事故に遭ったかなんです。警察でつかんでいるのは、その直前彼は地下の遺体が安置されている場所を出ていること。ただしこの時点で彼は院長室へと向かわなければならなかったはず。この時厚生省から派遣されたプロパーたちに説明をするよう、相沢さんは彼に命じているのよ。内線電話で、わかりました、と彼は答えた。でも彼はそうしなかった。なぜか駐車場へ向かった。そして愛車に乗って出かけた。もちろん行き先は誰にも告げていない。まだ聞いていなかったけど、もしかして遥奈さん、芳樹さんはフィアンセであるあなたには何か告げて出ていた？」

水野は遥奈をじっと見つめた。

「いいえ」

遥奈は首を振った。一時枯れていた涙がみるみる水晶体から満ちてあふれ出す。

「芳樹さんは何も話してくれなかった。遺体が危険であることも、何のために遺体のそばにいるのかについても。パパもよ。あんな風に彼がなってから周囲の人の噂話を聞いてやっと知ったわ。もしかしたら急性の心身症あるいは錯乱状態だったのかもしれないって。つまりわたしはずっと何も知らされていないの。どうしてこうなの？　いつもなぜわたしは嫌《いや》なことから庇《かば》われるの？　お姫様だから？　そんなのもうたくさん。わたしだってあの人のためになりたいの。力になりたい。助けたいのよ。ああ、でも今はもう何もしてあげられない」

そういって遥奈は激しく泣きじゃくった。

「問題は」

水野は遥奈の泣き声を無視して続けた。

「彼が薬の中毒を含む錯乱状態ではなかったと仮定してのことです。彼は誰にも何も告げず、あの時間どこへ行こうとしたのか、土地勘のある皆さんなら見当がつくのではないかしら？」

そこで水野は黒枝芳樹の事故現場を正確な番地で告げてみた。

「ああそこなら典型的な田圃《たんぼ》のあるところだ」

とまずは本橋。

「これといった建物は見られない。ただ出羽三山の見晴らしはいいところね。今日は天気がよかったはずだから最高じゃないかしら。そうそう、松田さんのやっている農場レストランもその一角にあるはず」

といったのはのどかだった。

「松田さんの農場レストランに彼が向かっていたとは考えられない？」

水野は松田美也子に視線を向けた。

「予約は入っていませんでした」

美也子は当惑顔で答えてから、

「よく遥奈さんとはお越しいただきましたが、お一人でおいでになるようなことはなかったわ」

と続けた。がっかりした様子の水野は、

「何でもいいから、あのあたりにある、彼が出かけていきそうな場所は思いつかない？ 例えば気分が一新できそうな展望台とか——」

とさらに聞いた。

「もしかして行者寺」

美也子は首をかしげながらいった。

「行者寺？」

水野はそのものものしい名称を繰り返した。するとのどかは、

「あそこはうちの所有です。祖父の代に持ち主から買収したものよ。寺といってもお寺があるわけじゃない。坂道をのぼったところにぼろぼろの無人の家があるだけ。もう何十年と使われていないけど、とり壊してどうにかする計画は今のところなし。やり手の祖父もこればかりは見込みちがい。どうしてかですって？ 簡単なことよ。あそこには即身仏のミイラになるために上人が入ったという塚があるの、いくつもね。もっとも祖父の代にはまだ木乃伊《ミイラ》仏《ぶつ》が有難かったのかもしれない。だから思い入れがあって、買ったんでしょう

ね、気味が悪いったらない。そんなところ誰が住むものですか。売れるわけないじゃない」

といった。

美也子は、

「実はわたし芳樹さんとは小学校の同級だったんです。その時彼、社会科の課外研究でこの地方の木乃伊仏に興味を持ったんですよ。それでわたしの家の寺にもよく出かけてきていた。その時に行者寺についても話をしたのを覚えています。あそこでできたミイラたちはどこにあるんだろう、塚を掘れば出てくるんだろうかって話」

といったが、のどかは、

「でもそんなの小学校の時のことでしょ。突然彼がまたミイラに魅入られたなんて考えられないわ」

と否定した。

七

それから会話は途切れ、一同は沈黙した。もとより和気藹々《わきあいあい》と話をしていたわけではなかったし、何より深夜で皆疲れが出てきている。気づまりではない自然な沈黙が続いていた。ソファーにもたれて仮眠をとる者もいた。

夜がわずかに白みはじめた時間、突然応接室の扉がノックされた。秘書はすでに終業している。遥奈が立った。ドアを開ける。

「あっ」

叫びかけたのは水野だった。

白装束の老婦人が立ち尽くしていたからだった。日下部は水野ほどは驚かなかった。この時期出羽三山に参拝する登山者の風体だという知識があったからだ。もちろんこの地に住んでいる他の若者たちの顔にも驚愕《きょうがく》の色はなかった。

「もしかして西さん、西秀子さんじゃありませんか？　いらっしゃるのは今日か明日と聞いていました」

遥奈が聞いた。

「そうです。院長先生のお嬢様ですね」

秀子は念を押し遥奈はうなずいた。そこで遥奈は東京から来てくれたハウスキーパーとして西秀子を紹介した。

「西さんはこちらの山の信仰が永い方で、この地方に理解がおありのようです」

秀子は続けた。

「前にお伺いした時に先生にはお会いしております。わたしは子供の頃からこの時期の参拝を欠かしたことがありません。ですから今回も羽黒山《はぐろさん》から入って月山《がっさん》、そして湯殿山《ゆどのさん》へと連山を抜けたいと思っていたのです。それをもって三山登山はやめにしたいと考えていました。これからわたしは院長先生のところにお世話になり、この地に住みつくわけですから三山の懐《ふところ》に抱かれているのも同じだからです。それでもう登山の必要はないと」

そこで一度秀子は言葉を切った。次に出てきかけた言葉を呑み込んで曖昧な表情になった。

「そのいでたちだとお仲間はすでに宿坊を発《た》たれていますね」

宿坊というのは寺の経営下にある宿泊施設である。出羽三山の登山者は修行を兼ねる者が多い。彼らはたいていこの宿坊に泊り、翌日夜が明けきらないうちにまず羽黒山へと登る。日下部はなぜ秀子が登山を断念してここへ来たのか聞きたかった。

「ええ。実はわたしも皆と最後の登山をするつもりだったのです。でも床に就いてうとうとするたびに妙な夢を見るのです。事故に遭って重体の若い男性の姿です。それが気になってとうとう登山は見送ってしまいました。見知らぬ若い人の事故の夢が私と関係があるとは思えません。ただここで知っている場所は以前院長とお会いしたこの病院だけでしたので、こんな時間にご自宅では失礼と思い、まずはここへ来てしまったのです。そうしたら受け付けの方が院長はここにずっと詰めていて、事故に遭われた方の手術に立ち合っておいでだと教えてくれました。それからその方はお嬢様のフィアンセだとも。それでわたしはここへかけつけたのです」

「なるほど」

日下部はうなずき、それとなく西秀子を観察した。この人は自分と同じ種類のシャーマんかもしれないと思う。そして彼女の予知した不幸の主は黒枝芳樹の顔をしていたのではないかとも思われた。

だがそうだとすると一つわからない。

なぜ西秀子は身内でもない、面識さえもない芳樹についてそんな予知ができるのか？　たしかにアイヌのシャーマンは近未来の凶事を感得することができる。だがそれは血縁を含む、何らかのつながりがある人間関係に限られているはずだ。それでなければごく近くに迫っている自分の身の危険――。

日下部は真昼に東京駅に降り立った時に出現した、あの呪咀《じゅそ》に満ちた凶悪な男の顔を思い出していた。あれはいったい何だったのだろうか？

単なる幻ではなく予知だとしたら、信じられないことだが、あの男と自分には遠くない縁があることになる。西秀子と黒枝芳樹の運命とがそうであるかもしれないように。

これだけの疑問が一瞬のうちに日下部の頭の中をかけめぐった。

「相沢院長には変わった趣味があるんだな、きっと」

本橋達也はじろじろと西秀子を見つめた挙げ句、吐き出すようにいった。

「失礼ですけど東京からどうしてこんなところへいらっしゃったの？」

中根のどかはぶしつけに聞いた。

「もう年ですもの。定年後の再就職ですわ」

西秀子は微笑しながらさばさばと答える。

「前は銀座の呉服店で主任をなさっておいでだとお聞きしています。父は西さんにわたしの嫁入り支度をいろいろ見立てていただきたいと思ったようです。何しろ芳樹さんもわたしもお母さんがいないでしょう？　それだから」

遥奈はとりなすような口調になっている。日下部は在学中は気がつかなかった相沢遥奈の美点に感心していた。おとなしく目立たない凡庸《ぼんよう》な存在のように見えたが、芯《しん》はしっかりしている上に、人への思いやり、優しさで溢《あふ》れている。いい意味でのお姫様そのものだった。

「まあ、とにかくお座りになって。今、お茶をいれますから」

遥奈はそういって秀子をソファーの仲間に入れた。

相沢庸介が戻ってきたのはそれから二時間後のことだった。ブルーの上着と帽子という手術着姿で、げっそりとやつれきっているように見えた。

「オペは成功した」

彼は短く伝えた。

「よかった。よかったじゃないの」

美也子とのどかが遥奈にかけよった。三人は泣きじゃくりながら抱き合う。本橋も目を潤《うる》ませている。

「葬式が一つ減ってほっとしたぜ」

しかし庸介の顔に笑いはなかった。喜んでいる愛娘の顔に視線が貼《は》りついたままだ。

「まだ予断は許されない」

表情はさらに固くなった。

「とにかく脳の手術だからね。予期せぬ問題など出てくることもある」

そういった後、庸介の視線は遠い方向へと逸《そ》れかけた。現実から逃げようとしている罪人の目だと水野は感じた。しかしどうしてこの相沢医師がそんな目をするのだろうか？

「相沢先生」

声をかけたのは西秀子だった。

「ああ」

やっと彼女の存在に気がついた様子の庸介は曖昧に微笑んだ。もちろん白装束を奇異にも感じていない。

「あなたでしたか。やっと来てくれましたね」

院長は形通りのねぎらう言葉を口にした。

「お役にたちたいのです。お仕事に入らせていただきたいと思います。何なりとお申しつけください」

秀子はきびきびした口調でいった。

「そうですね」

庸介は目を閉じてしばらく考えてから、

「今すぐ車であなたの勤務先である相沢の家までお送りしましょう。家は現在無人ですが、パートの方が清掃などしてくれていてまあまあ片付いていています。お送りいただいたあなたのお荷物もお住みいただく部屋に運んであります。どうかそこへ我々よりも一足先にお帰りになっていてください。そしてここにいる日下部先生と水野さん、それから芳樹君の手術をお願いした片桐先生、この御《お》三名のベッドメイキングをお願いします。朝の十時にはパートの方が来ます。その方からお風呂の支度、食事の手配の指示は受けてください。基本的にお世話いただくのは朝食だけです。あわただしくてすみませんが、あなたを信頼しています」

といった。

「わかりました。精一杯やらせていただきます」

秀子は迎えに来た院長付きの運転手とともに去った。

「悪いが今日はこのままここにいる。少し一人になりたい」

相沢院長はそういって応接室を出て院長室へ入った。鍵《かぎ》のかかる音がする。

「やれやれ。これでやっと解放された。失礼します。どこかで美味《うま》い朝飯でも食わないと。これでも定刻には出勤しないとおやじがうるさいんで」

本橋が立ち上がった。

「わたしたちもそろそろ。一度家に帰らないといけないわ。女が同じ格好で出勤するとあらぬ噂が立つものですからね」

のどかがいい美也子は、

ため息をついた。彼女はのどかに背を押されるようにして扉へと向かう。

「そうなのよね」

応接室は遥奈と水野、日下部の三人になった。

「父が変だわ。いつもの父じゃない。手術が成功したというのにまるで喜びが感じられない。もしかしてあれは気休めでほんとうは芳樹さん――」

遥奈がそういって応接室を出て院長室へと向かいかけた時、コネクト式になっている院長室の扉が開いた。相沢庸介と片桐一人が肩を並べている。

小柄な片桐一人は長身の相沢の肩までの身長だが、相沢の方がわが身を屈《かが》めるようにして片桐に礼を尽くしている。

「片桐先生、このたびはほんとうにありがとうございました。先生においでいただかなかったら芳樹君、娘の婚約者の命はなかったでしょうから。何とお礼を申していいやら」

院長はさっきとはうって変わった満面の笑顔を童顔の医師に向けていた。そして、

「遥奈、何を戸惑っているんだ。さあ、おまえからも先生にお礼を申し上げて。それから先生がいいとおっしゃっておられるから、このあとすぐ芳樹君を見舞ってやりなさい」

といった。

その後日下部たちは遥奈や片桐とともに集中治療室の芳樹を見舞った。相沢庸介はついてこなかった。

芳樹はさまざまな管につながれて眠り続けている。白い樹脂のようなキャップで被《おお》われている頭部が痛々しい。だが顔色はバラ色で瀕死の病人にはもう見えなかった。各々の器械が心電図と脳波を正確に刻んでいる。

「もしかしてこのまま意識が戻らないようなことは？」

遥奈は不安げに聞いた。すると、

「ご安心なさい。彼は驚くほど早く回復しますから」

片桐医師は自信たっぷりにいった。

「ありがとうございます。何とお礼をいったらいいか」

遥奈は再度礼をいった。そして、

「お疲れでしょう。どうかお休みになってください。家にご案内します。わたし、今日は勤めを休むことにしました。家にいてお世話をさせていただきます。西さんもまだ慣れていらっしゃらないし、その方がいいと思います。日下部先生、水野さんもご一緒にどうぞ」

と日下部たちにも気を使った。

「宿は駅前のビジネスホテルにしようと決めてきたんです」

誘われた日下部は断ったつもりだった。

「あそこは食事が今一つですよ」

遥奈が忠告する。

「それもあって手術などで病院へいらしていただく先生たちには、わが家に泊まっていただくことにしているんです。慣れています。どうかそうしてください」

と続けた。

「そうね。せっかくそこまでおっしゃっていただくのならそうしましょうか」

食物にうるさい水野はすぐに乗った。

「ではそうさせていただきます」

日下部は苦笑した。それから、

「ただわたしたちはこれからちょっと立ち寄るところがあるんです。そこへ行ってからお宅へ伺います」

といって水野を促した。

そして二人はエレベーターで一階に降り、タクシーを呼んでもらって乗り込んだ。

「立ち寄るところって?」

水野は眠そうな目をこすった。二人ともほとんど睡眠をとっていなかった。

「玉藻寺。松田美也子の家だ」

「でもあなた、今はまだ朝の六時半よ。お寺とはいえ訪問するのにふさわしい時間ではないわ」

「でもないんだ。何しろ祈禱寺だから。祈禱の目的というのはね、古今東西を通じて難病対策や悪魔払い。このうち現代社会に残っているのは癌などの難病快癒《かいゆ》を祈願するものなんだ。この手の祈願者たちは朝夜明けを待って集まる。たぶん日の出に祈願成就のキーワードがあると信じているのではないかと思う」

「たしかその玉藻寺だったわね。木乃伊仏とやらがあるのは。ところで即身仏ともいったそのミイラについて知りたいわ。あなたの目的もそれでしょう？」

水野が聞いてきた。

「簡単にいうと人柱の一種だ。江戸時代、冷害による飢饉《ききん》に見舞われることの多かったこの地方は餓《が》死《し》者が多かった。それで下級の僧侶を中心にした行者、修行者たちの間に即身仏志願が流行した。生涯を通じて断食や荒行といわれる、およそ人間業とは思えない数々の厳しい修行を積む。そして餓死者の魂を救うべく仏になる。その際自らの命、肉体をもって仏と一体化する。彼らは死とひきかえに上人として祀られる栄誉を手にするわけだ。ただし彼らの待遇は一世上人。一代きりの栄誉である証拠に妻帯は許されていない。それでもこうした人柱を考案、定着させられたこの地方はまだ飢餓の程度がよかったといわれている。さらに冷涼な東北地方ではカニバリズムがあったといわれている。餓死者の魂の救済などに関《かか》わる余裕はなかった」

「すると日本独自の仏様ね。釈迦《しゃか》やインドとは関係がない？」

「そう。関係があるとしたらチベット仏教などの中国の山岳宗教。この流れを組むのが中国から日本に伝えられた真言、天台各密教なんだ」

「たしか真言宗の教祖空海のミイラが高野山にあるという話を聞いたことがあるわ」

んだものだろう」
「この地方の即身仏にはほとんど名に海がついている。初代の木乃伊仏である空海にちな

「こうした木乃伊仏と難病治療のための祈禱とはどんな関係があるのかしら?」

「日本の場合、祈禱は密教の発展とともに民間に広まってきた。そのため密教的加持《かじ》とも いわれる。手法は太鼓《たいこ》や鐘を打ち鳴らして呪文《じゅもん》や経文を唱えながら、弓や刀、あるいは数珠《じゅず》などの道具を使う。だから時代を経るに従って木乃伊仏は本来の人柱の意味を失い、その着衣の切れ端がありがたがられるなど、祈禱用品の一環として崇《あが》められるようになっていったのではないかと思う」

「今の話に一つ大きな疑問を持ったわ。密教的加持祈禱についてよ。これを祈願者に施していたのは僧侶だとして、彼らは他の施療は行なわなかったのかしら?」

「薬草などを使った民間療法のこと?」

「そう。護摩《ごま》を薫《た》いた話はよく聞くけれど、そんなものではダイレクトな治療にはならなかったでしょう?」

「たしかに君のいう通りなんだが、そこは不明な点が多い。書かれている文書を目にしたこともない。ただし江戸期の漢方医は多く僧侶の出身だ。もっとも漢方医学が日本に入ってきたのは動乱期の中世で、それ以前の医薬と施療者の形態についてはヴェールに包まれている」

「神や死者の声を聞ける、伝えられるというシャーマンがそれだったのでは?」

「とも考えられるがシャーマンと一口にいってもいろいろある。陰陽師《おんみょうじ》をはじめここの地方の行者のような山伏、神社に所属する巫女《みこ》、それから真言宗などの僧侶も入る。彼らのすべてに医薬の知識があるとは思えない。ただしぼくの知る限りでアイヌのシャーマンは医療従事者だったはずだ。アイヌはたとえシャーマンでなくとも山野をかけめぐって生活してきた。薬草などの知識や使用法を熟知していておかしくない」

「とすると、今あなたが挙げた中で一番近いのは山伏。山岳修行者ということになるわ。彼らは人里離れて山に籠《こ》もり滝に打たれ、食事を制限して修行した、そうでしょ？　だとすれば山にくわしくさらに薬草にくわしく、癒《いや》しの術に長けていた。木乃伊仏の主たちはヒポクラテス並みの優れた医師だったんじゃないかしら？」

「なるほど」

日下部はうなずいた。とはいえ漢方医以前の医師は山岳修行者たちだったというその説を、完全に受け入れたわけではなかった。

なぜならとうてい彼らだけだったとは思いがたかったからだ。真言、天台各密教、つまりは仏教が山に入ってきてからの歴史よりも、山が山として存在し続け、そこを糧《かて》として山の民が暮らしを育《はぐく》んできた時間の方がずっと豊かで長いはずだった。

「着いたようよ」

豪壮な山門の前でタクシーは止まった。日下部たちは車を下りて山門へと続くゆるやかな傾斜を登りはじめた。みごとな松並木である。雪の多い冬にはさぞかし手入れが大変だろうと思われた。

「驚いた。まるで東北的じゃないのね」

素朴とは縁もゆかりもない山門の頂《いただき》を目にした水野がいった。けばけばしくはないが朱と金粉仕上げで瀟洒《しょうしゃ》な印象。どこか日光の東照宮《とうしょうぐう》を想《おも》わせる。日下部は、

「そうだね。実は前に羽黒山の境内《けいだい》に行った時にもそう思った。国からの援助があるせいかもしれないけれど豪華《ごうか》絢爛《けんらん》。宗教的な敬虔《けいけん》さよりも巨大な権力を感じた。もっともここに根をおろした真言、天台の各密教は店でいえば大老舗《しにせ》だからね」

と同調した。

山門を入った二人はさらに祈禱の行なわれている本堂までの急な階段を上がった。階段はコンクリートなどで補修のされていない自然の石畳である。

行き着いた先もまた十段ほどの幅の狭い石の階段であった。扉が開かれ古色蒼然《そうぜん》とした高床式の本堂が見えている。うす暗がりの中にぼーっと弱い明かりが見えた。それらは何ケ所かに置かれている行灯《あんどん》だった。

線香とはちがう濃厚な香の匂《にお》いがたちこめていて、外へも流れ出している。仏像の類《たぐ》いはいっさい置かれていない。

あるのは文机《ふづくえ》が十卓ほど。その前には白装束の烏帽子《えぼし》を被《かぶ》った僧侶が座っていて、同じく白装束の祈願者は丸めた背の後姿しか見えない。

日下部は入り口のところで彼らの様子を観察しはじめた。僧侶たちの表情はとりたてて

神がかっているというものではなかった。また祈願者と話をしている様子もなかった。僧侶の側にあるのは事務的な沈黙だけで、一方の祈願者の方にははかりしれない不安感と緊張感があふれ出ているようだ。

　つと目の前の祈願者、白髪の老女が立ち上がった。杖《つえ》で不自由な足を庇いながら隣りの文机へといざり寄って座った。隣りにいた子供を連れた若い母親もやはり隣りへとずれていく。

　ここで日下部は全体が流れていることに気がついた。おそらく祈禱師は一人、祈禱室は一ヶ所で、そこへ行き着くために人々は、こうして朝早くから並んで待っているのだろう。

八

　日下部たちは靴を脱いで本堂に足を踏み入れた。

「どこへ行かれます？」

　居並ぶ文机の中ほどに座っている、度の強い眼鏡をかけた僧侶に咎《とが》められた。せいぜい三十代前半の若さながらすでに居丈高《いたけだか》な雰囲気を漂わせている。

「警察の者です。警視庁から出張で来ました」

　水野は一瞬の躊躇《ちゅうちょ》もなくバッグから黒皮の警察手帳を取り出した。

「ちょっとお待ちください」

とたんに相手は身をすくめるようにして頭を垂れた。

「今、住職にお伝えします」

眼鏡の僧は奥へと消えた。

その間に日下部は祈願者たちの流れを観察し続けていた。彼らは最初の机の前で記帳し、机を渡り歩いた挙げ句祈禱道具の一つと思われる木札を授けられる。

木札は朽ちきっていてほとんど書いてある文字を判読することができない。ただしそれだけにありがたさが実感できるのか、祈願者たちは押しいただくようにその木札を手にした。

また木札を手にするためには祈禱料を支払う必要があった。額は人によって異なるようだ。渡される木札も置かれている場所が違う。そして木札を手にした祈願者たちは、期待と緊張で全身を強《こわ》ばらせながら、祈禱所と思われる奥の小部屋へと入っていく。

はじめ祈禱所は一ヶ所だと思ったがそれはまちがいで、向かい合って二部屋あった。一方の部屋の方が回転が早い。

「お待たせしましたな」

住職と思われる僧侶が出てきたのは回転の早い部屋からだった。六十代前半の男性で身長は日下部の首にほぼ近く、横幅は身につけている白装束が巨大な餅《もち》のように見えるほど。のっそりとは歩かずひたすらせかせかと白足袋《たび》で板の間を踏んでいる。

「失礼ですが、ご住職で松田美也子さんのお父さまですか？」

日下部は確認した。相手はうなずいた。端整だが白くめりはりのない平板な顔は、娘の美也子に似ていないこともなかった。それから黒枝芳樹の事故のことが縁で知りあったいきさつを話した。

「しかしそれと東京の刑事さんとは結びつかんでしょう。どういういきさつかご説明いただきたいですね」

そこで水野はこれはあなたを良識ある僧侶と見込んで話すことで口外無用だと断ってから、ここの海で起きた事件についておよその説明をした。

「ほう、黒枝代議士の下のご子息が亡くなった事件が怪事件だとは初耳でした。ですがまだわかりませんな。それとわたしどもとどう関わりがあります？　たしかにさっきおっしゃった最上会にわたしどもは永く関わってきています。ただしあれに関与するのはどの家も総領、つまり跡取りだけなんです。次男の真也さんは関係ありません」

「発見された死体がほぼミイラ状態だったことはお話ししましたね」

水野は大真面目な顔を取り繕《つくろ》っている。

「まさか、それとここの木乃伊仏《ミイラぶつ》が関係あるとでも？」

相手は目を丸くした。

「まあ、疑えるものは何でも疑ってみるのがこちらの仕事ですからね」

水野は白々といってのけた。

「しかしそれだけのことで朝っぱらから警察に踏み込まれるのはどうにも解《げ》せませんな」

住職は渋い顔になっている。

「踏みこんでいるのではありません。木乃伊仏を見せていただきたいとお願いしているだけです」

「わかりました」

それから二人は本堂の裏手にあるミイラ堂へと案内された。お堂というとほこらに似た手狭なものを連想しがちだが、ここは違う。古びた本堂に隠れるように建っている、鉄筋の三階建てであった。

即身仏のミイラが安置されているのは三階で、二階はその資料室、一階は木乃伊仏とは関係のない玉藻寺の歴史に関するものがまとめられている。この中には各種の観音像なども並べられていた。

「これでもうちは東北における真言密教の名刹《めいさつ》なんですがね。もっぱら人気のあるのはミイラと日々の祈禱なんです」

松田住職はやや恨みの口調になった。

「木乃伊仏は空海にちなんだものでしょう? とすればこれこそ真言密教の極致といえるんじゃないですか?」

日下部は素朴な疑問を口にしてみた。

「木乃伊仏は即身仏ともいわれますね。ですがこれ、正規の真言教典にはない言葉なんです。教典にあるのは即身成仏。これは修行によって仏の啓示を聞き取り、悟りを開くこと。

いないんです」

仏教の悟りとはまさしく諸行無常、人間の生のはかなさ、虚しさを知ることとです。つまり教典にはどこにもわが身を捧《ささ》げて生きながらミイラとなり、仏と化せよなどとは書かれていないんです」

「というとミイラ信仰は真言の邪教というわけですか？」

「まあ近いですね。あるいは生き神などといって、巫女や祈禱師をもてはやすシャーマニズムに近い要素があります。あるいは民俗宗教の一種。それでわれわれはずっと真言の正統派から強い風当たりを受けてきた」

「といって祈禱やミイラ観光をやめるわけにはいかない」

日下部たちは三階へと向かって階段を昇っていた。途中彼は壁に目をやった。ミイラ寺として玉藻寺が紹介されている旅行会社作成のポスターが貼られている。ポスターには発売中の木乃伊仏のテレホンカードと、例のミイラの衣入りのお守り袋も映っていた。

「これはうちの死活ですからね」

住職はにこりともせずにいった。

玉藻寺の即身仏は部屋の中ほどのガラスケースに収まっていた。蓮華座《れんげざ》を組んでいるが、五十センチほどの座高しかない。

着せられている絹衣は鮮やかな朱を基調とした金糸銀糸の縫い取りが見事だが、本体はまっ黒な骸骨《がいこつ》が座っているようにしか見えない。ミイラという印象よりも風変わりな骸骨。

「これでも何年かに一度は新潟《にいがた》の方で手入れをします。古いものですからね。そうしないと持ちこたえられない。あちらにはいい剝製《はくせい》技術を持った業者がいましてね、助かっています」

住職はため息まじりにいった。

「前に本の写真で見たエジプトのミイラとはちがうような気がする。あれらはもっと個性的だったわ。生前の容貌《ようぼう》とか男女の差とかはっきりわかった。どうしてこう違うのかしら?」

水野が頭をかしげながらいった。

「気候と処理の違いでしょう」

住職はいい切った。そして、

「あちらではミイラ化が正式な遺体処理であり、葬儀の式次第だった。そのため専門のミイラ職人がいて、脳をはじめとして腐りやすい内臓をとりのぞいた後、没薬《もつやく》などを使い防腐加工をほどこしていた。おまけに気候は梅雨や湿度とは縁のない砂漠気候です。一方こちらは内臓はそのまま、夏は暑く湿度は高い。いくら五穀断ち、十穀断ちの断食修行を続けた上人たちでも内臓をそのままにして、腐らないわけはありません。そのため当時から木乃伊仏の処理、保存は苦心惨憺《さんたん》だったとわたしは思います」

と続けた。

「木乃伊仏の処理に塩が使われたということはありませんか?」

日下部はふと思いついて聞いてみた。実は黒枝真也たちの死体が塩まみれのミイラ状態だったことと、木乃伊仏との関連が気にかかっていたのだ。

　もちろんこの木乃伊仏が作られたのは何百年も前のことであり、今直面している事件と脈絡があるとは思いがたかったが。おそらく水野も同じ思いだろう。

「よくご存じですね。亡くなったご遺体はどれもまず浜へ運んで、夜通し海水をかけ続け、水分を飛ばし干物状態に近づけたと聞きます。ああその前に申し上げておくと上人たちが自ら、地下に掘られた石室へ下りていって鐘を鳴らしながら断食を続け、座ったまま息絶えることができたというのはほとんどフィクションです。それから上人たちが生前、皮膚毒の漆《うるし》を常飲して、死後の防腐処置を図っていたというのも眉唾《まゆつば》ものです」

「それならわかります。前に焼身自殺をしそこねた若者から話を聞いたことがあるんです。断食死も試みてみたが想像を絶する吐き気と頭痛を伴うと。つまり端座した状態で断食死するのはおよそできかねることだと思います。おそらく死を確認するために詰めている周囲は、経験的に死後硬直の時期を知っていた。それで端座させた木乃伊仏を作ることができたのでしょう。漆を飲む行為についてはそれで弱った内臓器官が一網打尽になり、結果悶絶死《もんぜつし》したというなら理解できます。断食死が辛くて漆を使って自殺したのかもしれない」

　水野はなるほどという納得顔になった。

「地下の石室は塩で処理した死体を運びこんで乾かす場所だった。ただ外部からの塩処理だけではやがて腐り出すことが多かった。そのため次なる手段は生乾きの死体を取り出して燻《いぶ》す。今度はスモーク処置です。この臭《にお》いが寺の境内全体に充満して辛かったという記述は残っています。そのせいかある時期から石室は祀《まつ》られる寺の敷地に掘られることが少なくなった。上人たちは即身仏になる日が近づくと、石室のある行者寺へと籠もるようになりました」

「臭いに対する人間の生理感情は正直ですからね。腐敗臭が木乃伊仏への嫌悪につながり、祀る寺の威信を落としめることがあってはいけないという配慮だったんでしょう。そして行者寺はまさしく木乃伊仏の製造拠点だったんですね」

日下部はいった。芳樹はそこへ向かおうとして事故にあったのかもしれない。

「最後に遺体処置は内臓の摘出に行き着きます。エジプト式です。これもおそらく行者寺でなされた。江戸中期から末期にかけての、蘭学《らんがく》といわれた西洋医学の浸透も無関係ではないでしょう」

「ところで、ここの上人はどこまで処理されています?」

水野は怜悧《れいり》なまなざしで目の前の真っ黒な人間の形骸を見据えている。もとより物怖《ものお》じせず、単刀直入、ぶしつけなのは彼女の持味であった。

「うちのは初期のものですから塩漬けにして燻しただけのようです。実をいうと内臓処置をされたミイラは仏として認められていないのです。少なくともあまりありがたがられない。ですからこの地方に残っている木乃伊仏で、観光を含む信仰の対象になるのはうちのと似たものですよ。ここでは肉片などの姿形が整って残っていることよりも、意志的に仏になった、という幻想を喚起させてくれることの方が尊い。まだこの地特有のミイラ信仰は生きているのです」

住職は誇らしげにいい切った。

だが水野は、

「それ少し勝手すぎない？　木乃伊仏になろうとする行者たち、特に上人とまで崇めたて祀られた人たちの修行は並大抵ではなかったわけでしょう？」

と反論した。日下部も、

「たしかにね。前に聞いた話では、命を賭《か》けて地域のボランティアのリーダーとして活躍した人が多い。誰が一番とは決めがたい無私無欲、奉仕一筋の人生。堤防や道路造りなどの困難な仕事に率先して従事し、一生を捧げた人もいる」

同調の言葉を洩らした。

するとすっかり勢いづいた彼女は、

「にもかかわらず、処理の仕方を含むミイラの出来不出来で祀られるか、祀られないか決められるなんて不公平だわ。形式主義の弊害よ。もしそれが信仰というものだとしたら、そんな信仰、まちがっていると思う。わたしが当のミイラ志願者だったら怒るわね」

とまでいった。

「なるほど」

住職は顔に汗を吹き出して困惑した表情になっている。そして、

「もっとも内臓処理を施したミイラがありがたがられて、盛んに祀られた時代もかつてはあったようです。この手のミイラは生前の面影を残していて信者には親しみやすかった。きれいなミイラと目に映ったのでしょう」

と続けた。

「ミイラの風貌《ふうぼう》にも流行があった？」

水野は呆《あき》れた声を出した。

「というよりも、ミイラそのものが大流行した時代があったようですよ。享保《きょうほう》、天明、天《てん》保《ぽう》などの飢饉《ききん》の時代からはじまって幕末まで続いたと聞きます」

「行者寺が建てられたのもその頃ですか？」

日下部は口を挟んだ。

「ええ。よくおわかりですね」

「そしてそこで盛んに内臓処理済みの形のいいミイラが作られた」

「まあ、そういうことのようです。ただし以前どこかの作家の方が書かれていたような、罪人を条件つきで寺がかくまって最後は石室に入れ、無理やりミイラにしたというような事実は断じてありません。当時は即身仏を志願しながら志半ばで亡くなる行者が多数いました。何しろ厳しい修行ですからね。その方々の中でもあと一歩までというところまでいって亡くなった方、そういう方々の遺骸をミイラにした。そんなところではなかったかと思います」

「するとますます現存していない、どこかに捨てられたにちがいない、内臓処理されたミイラが哀れじゃないの。志が同じだとしたら祀られてしかるべきですもの」

　水野は完全にこの不条理に立腹している。

「ところで内臓処理をした係の身分は？　ミイラ工房の働き手たちについて聞きたいですね」

　日下部は質問を変えてみた。

「おそらく寺男たちではなかったかと思われます。彼らは寺付きの下男とでもいうべき、寺においても社会的にもほぼ最下層の労働者でした。一世しか上人と認められない木乃伊仏も多くがこうした階層の出身。その意味では木乃伊仏は出世頭。彼らの希望の星です。それもあって彼らは万感の思いをこめて、ミイラ作りに従事したのではないかと思います。内臓を抜く処置にしても西洋医学の影響以前に、定着していたのではないかとわたしは思う。魚の干物にヒントを得れば誰でも思いつくことですよ。そうまでして彼らは一体でも多くの祀られるミイラを作りたかった。死して名を残してやりたいと考えた」

「そしてそのミイラはよく売れたはずです」

　日下部は醒《さ》めた声でいった。高邁な理想や信念、熱い心情だけで人間の歴史は成立するものではないのだ。

「その通り。特に東北全域と新潟などの上越地方に需要が多かったようです」

「なるほど行者がほとんどおらず、ここほど修行の内容が知らされていない地方では、木乃伊仏というだけで歓迎されたことでしょう。内臓を処置した痕《あと》にしても、衣で隠しておけばどうということはなかった。しかし明治維新以降の文明化に伴い、飢饉や死活の危機から免れはじめると、人々の生活には次第にミイラ信仰など不要になりつつあった。そこでこの地のミイラ寺では生き残りをかけて、内臓処置の施されていない木乃伊仏を〝ホンモノ〟と主張し、他のものを〝まがいもの〟と決めつけた。こうしてこの地の木乃伊仏は、加持祈禱の病気癒しの呪具《じゅぐ》として定着した。つまり〝ホンモノ〟、〝まがいもの〟とも元を正せば同じ商標だったはず。ちがいますか？」

日下部はわずかに微笑みながら住職を見つめた。

「おっしゃる通りです」

住職は悪びれずにあっさりと認めた。そして、

「われらは檀家を持たず、辺境の地で真言の本山からも冷遇されてきました。まさしく孤立無援です。時代に合った独自の処世を編み出していかねば生きていけません」

と続けた。それから、

「ところがこの親の苦労を一人娘の美也子はまるでわかろうとしないのです。仏教系の大学を出た、ふさわしい若者が婿に入ってくれようというのに、見向きもしません。ことあるごとにわたしとこの寺の経営方針を批判するんです。わたしのやっていることは、宗教の名を借りた詐欺《さぎ》同然だとまでいわれました。ひどすぎるでしょう？」

と愚痴《ぐち》めいた口調になった。日下部はきびきびはしているが人を見下す傾向のある、さ

っきの眼鏡の青年僧を思い出した。しかしああいう青年が年長者には受けがいいのかもしれなかった。

相手を役に立つやつ、あるいは確実に上と見たら態度をがらりと変えることができるのでは？　つまり美也子の言動は、家業のために不本意な相手を押しつけてくる、強い父親への抵抗ではないだろうか？

さらに住職の繰り言は続いた。

「しかも少し強いことをいったところ、この春家を出ました。最上会もよし悪しですよ。中根の家の総領娘の手引きです。持っている不動産を斡旋《あっせん》してきて店をはじめたところ、これが当たってしまった。もっとも計画は一年以上前から練っていたようですが。いやはやたまりません」

「本橋家とはどういうご関係ですか？　最上会を通じておつきあいなどは？」

水野が聞いた。本橋達也が玉藻寺のミイラ観光を、口汚く批判していたことを思い出したからである。

「何度も申し上げるようにうちは檀家を持ちません。ミイラと祈禱は人気商売です。定期収入として頼りになるのは信徒からの寄進。もちろん本橋さんもその中に入っておられる。ごらんの通り祈禱所のある本堂は朽ちかけています。景観を損なわずに修理をするのには大変な費用がかかります。一方本橋さんの家は建設業をされている。助けてくれてもいいはずです。ところがなしのつぶてで」

「それは少しひどいですね」

日下部は頭をかしげた。つきあいを大事にする地域社会の常識にも外れているように思われる。何か別の理由でもあるのではないだろうか？

「お恥ずかしい話ですが、美也子と本橋の総領はつきあっていたことがあるんです。美也子がわたしのやり方をとやかくいうようになったのは、あの長男のせいです。それまでは家内似のおとなしい娘でした。気がついたわたしは美也子を咎めましたが、別れる気はないという。といって結婚も考えていないという。このままでいいじゃないかと。こんな身勝手な無茶苦茶な話、どこにあります？　そこでわたしは達也に談判しました。達也も同じ返答。頭にきましたよ」

「当然、達也君のお父さんには会われたんでしょう？」

そう聞いた日下部は、どぎつい会話が本橋とのどかの間を行き来していた時の、松田美也子の様子を思い出していた。

本橋の過激な言葉に腹を立てているようにも見えず、のどかの庇う様子に感謝の意を示しているわけでもない、不思議に曖昧で得体のしれない表情。あれは不安と隣り合わせの複雑な恋心の一環だったのだ。

「もちろん。だが煮え切らなかった。あそこは他に妹が一人ですから、ひたすら後継ぎの息子の機嫌を損ねたくないようでした。三日麻疹《ばしか》みたいなものじゃないかというようない方で、これにも腹が立ちました。あちらは男だからいいが、こちらは娘。キズモノになったとかの悪い噂はご法度《はっと》ですから。その旨を申し入れたのですが、これにも寄進同様いっさい解答なしです。親子で人を馬鹿にしているわけですよ」

そういって住職は懐から手ぬぐいを取出し、額から流れ落ちる滝のような汗を拭《ぬぐ》った。

その様子について水野は後で、

「タコが怒って真っ赤になったみたいだったわね」

といい、さらに、

「あの住職、長い水晶の数珠をつけていたから、あれで自ら祈禱をするんでしょうけど、霊験《れいげん》は望めそうにないな。だって祈禱師としてたしかな腕を持っているとしたら、とっくに娘の美也子さんの恋の病いを治しているはずでしょ。それから祈禱に呪咀《じゅそ》も含まれるなら本橋一家を呪《のろ》い殺すこともできるはずよ」

とつけ加えた。

九

意識を取り戻した黒枝芳樹はまず、身体全体がひどくかじかんでいるように感じた。天井は純白でしみ一つない。頭を左右にめぐらそうとしたが無理だった。まだ固定されている。ベッドの上だった。

そばには小柄で丸顔の医師が佇《たたず》んで見下ろしている。

「わたしは君の主治医の片桐だ。君を甦《よみがえ》らせた。君は頭部挫傷《ざしょう》で重体に陥り九死に一生を得た。手術は脳外科の最新技術を駆使したもので、そのため君は今後しばらく多少の違和感を感じるだろう。これはこの手術の特徴として、飛躍的に回復が早いことと関係している。だが大丈夫だ。すぐに元に戻る。何か気になることがあったら、わたしを信頼して何なりと話してほしい」

片桐一人は、にこにこと微笑みながらいった。

芳樹は相手の好意を感じた。だがそれがたぶんに義務的なものであることも了解した。

「片桐一人先生といえば脳外科の若きホープと聞いています。あなたに手術していただいて光栄です」

芳樹はいった。完璧《かんぺき》な挨拶《あいさつ》だとは思ったがやはり違和感が伴った。脳外科が専門でない自分がなぜ片桐について知っているのだろうか？

「君は今、自分が話をしていることが不思議だといわんばかりの顔をしている。基本的には臨死体験の賜《たまもの》なんだが、わたしが初対面であることとも関係がありそうだ。さてこの人はどうかな？　彼女となら不思議な出会いだなんて感じはしまいよ」

片桐医師はそういって背後に控えていた相沢遥奈《はるな》を呼んだ。

遥奈はベッドに歩み寄ってきた。遥奈の歩調にはためらいと、期待の両方が感じられる。そのためよろめくような足どり——。

「芳樹さん」

感きわまった彼女は叫ぶように言葉を発した。

童顔だが、やや面やつれした小さな顔をボブスタイルの黒髪が被《おお》っている。形のいいほっそりとした長いシルエットを、レモンイエローのワンピースがふわりと軽く包んでいた。

不安感の伴う好意。きわめて情緒的な自分へのアプローチ。芳樹は瞬時のうちに遥奈の感情をそう分析した。

「芳樹さん。よかった。ほんとうによかった。わたしどれだけ心配したか――。あなたが助からなかったら生きていけなかった。ああ、ほんとう何ていったらいいか――」

遥奈は涙ぐんだ。

「ありがとう」

芳樹はこの言葉を返した。いささか戸惑い気味だった。相手の自分への思いについてはその深さが理解できた。

だがそれを受けとめる感情がどういうものなのか、はかることができず、ふさわしい表情や受け答えが浮かんでこなかったからだ。

しかし見ていた片桐医師は、

「そのくらいでいい」

といった。さらに、

「その手の感情は今にいくらでも邪魔なくらいあふれてくるだろうから」

ともいう。

「何しろ遥奈さんはフィアンセですからね」

芳樹はいい添えた。いいながらどうしてこうした言葉が出てこれたのか、再び違和感を覚えた。遥奈さん、フィアンセというその言葉に目の前の若い女性がほっと息をついて、頬《ほお》を赤らめるのがわかった。喜んでいる。

一方片桐一人は以下のように続けた。

「だから今はセーブ気味でいいんだ。わたしが君に施した手術の特徴は、回復が早いことだとさっきいったね。君は術後まだ一日しかたっていない。しかしすでに回復は八分通り。これは脳腫瘍《しゅよう》などの手術の三分の一の早さだよ。最短距離の回復。だがそのペースに損傷を受けた脳の周囲の組織がついていきかねている。あと二分の回復はこの問題です。つまり軽い記憶喪失や感情の失調などが起きるのは、そういった隣接組織の自己防衛システムではないかとも思う」

その片桐が退散した後、芳樹は遥奈と二人きりになった。

「そんなに見ないで」

いわれた芳樹はあわてて遥奈の顔から目を逸《そ》らした。

「ひどい顔をしているでしょ、だから。ずっと眠れなくて。でもうれしいわ」

そこでまた彼女は顔を紅潮させた。

「うれしい？」

芳樹は感じた不可解さを言葉にした。

「あなたがそんなに熱心にわたしを見つめてくれたことってなかったから。あなたいつもとても忙しそうにしていたから」

「そうだったね」

彼は注意深く調子を合わせた。

「このぶんで行くと結婚式は予定通りにできそうね。よかった」

「結婚式か」

その言葉を口に出すのと結婚というものについての知識が頭をかけめぐった。結婚——両性の同意にもとづく夫婦関係を発生させる法律行為。

これでは今一つわからない。具体的にどういうものなのか？　だがその疑問は声に出さなかった。芳樹は遥奈の表情と自分への感情を熱心に読み続けていた。

それによると結婚というものを彼女は熟知しているようだった。それがわからないといったら自分がおかしく思われる。芳樹はそう判断したのだ。

「それとね。実は最上《もがみ》会のメンバーがあなたに会いたがっているのよ。みんな最上会の会則通り、瀕死《ひんし》のあなたの手術が終わるまでずっと詰めていてくれたわ」

「最上会？　ああ本橋達也に松田美也子、中根のどかだったね」

答えたものの彼らがどういう人たちなのか、まったく見当がつかない。

「片桐先生は会っていいとおっしゃっておられるの。激しかったり強すぎたりする感情以外のものなら、損傷部分の回復に追いつけない、周辺組織のいいトレーニングになるだろうって」

「わかった。会うよ。すぐに連絡してくれ」

芳樹はいったがなぜかその時、黒枝真也という名前が頭に浮かんだ。

「真也」

ふわりと言葉に出してしまっていた。一瞬思考がばらばらに途切れ、呆然自《ぼうぜんじ》失《しつ》の状態に陥る。それを見た遥奈は青い顔になって、

「ちょっと待ってて」

といいつつ片桐を呼びに廊下へと走り出た。廊下に待機していた片桐に必死で訴える。

「先生、芳樹さんが真也さんのことを思い出してしまいました。どうしましょう」

もっとも片桐は冷静だった。

「遅かれ早かれ思い出すことですよ。たしかに弟さんのことは辛《つら》い記憶で今の彼に強すぎる感情を喚起させる。でもこれを乗り越えれば回復は完璧に近づくはずです」

そこで再度病室に入った片桐は、遥奈に役割を振った。遥奈は真也の死について、また弟の死に兄である芳樹がどう関《かか》わったのかを話して聞かせた。

「とにかく真也さんのは不慮の事故だったのよ。どうしようもなかった。手遅れだったし、生き残りの一人を救えなかったのもあなたのせいじゃない。そしてあなたは冷静に医師としてのつとめを全《まっと》うすべく、不可解な死の原因を解明しようとさえした。よく頑張った。でも頑張りすぎて疲れたのよ。それであなたまで事故に遭ってしまった。お願い。このこ

とはもう思い出さないで」

　そこまで話して遥奈は泣きくずれた。

「弟。黒枝真也」

　芳樹はその言葉に続く知識が脳裏に浮かぶのを待った。

「どうだね。思い出すかね？」

　気のせいか片桐医師は身をのりだしかけている。丸い眼鏡の奥で、野心的にきらきらとその瞳《ひとみ》が光った。

「弟。黒枝真也」

　彼は繰り返した。いぜんとして脳の中は白紙状態のままだった。何も覚えていなかった。どうしてあんなに遥奈は辛そうに話をしたのか？　きっと自分にとってよほど重要な存在だったのだろう。しかし、だとしたらどうして何も覚えていないのだろうか？

「塩、ミイラ」

　突然その言葉が出た。

「ほう」

　ため息をついた片桐の瞳がさらに輝きを増した。芳樹の脳裏に知識ではなく、塩だらけの遺体が何体か浮かび続ける。

　そして次の瞬間、彼は激しい頭痛と吐き気に襲われた。すでに管につながれていない両手で頭を抱え込む。

頭部を枕《まくら》に固定させていたプラスティックが宙に飛んだ。芳樹の身体は海老《えび》のように丸められた。腹部と胸部が同時に波打って、つきあげる嘔吐《おうと》感のすさまじさをあらわにしている。その後不意に彼は失神した。

「先生」

遥奈は泣くように叫んだ。

だがここでも片桐は冷静だった。包帯代わりの薄い樹脂のキャップはそのままで、脳波はそこから取られ器械のスクリーンに記録されている。彼はそれを一瞥《いちべつ》した後、芳樹の頸《けい》動脈《どうみゃく》に触れた。

「大丈夫。異常はない」

そういってから、念のためにと内科の専門医を呼ぶように指示した。

現われた消化器内科の医師は以下のように芳樹を診断した。

「これは栄養失調の患者が時折訴える症状ではあります。至急血液検査が必要です」

相沢家に滞在している日下部《くさかべ》と水野はその日、ほぼ一日中別行動をとっていた。水野は県庁所在地までバスで出て、県警本部に陣どっている厚生省のプロパーからくわしい情報を得る必要があったからであった。

そんなわけで二人が顔を合わせたのはその日の夜だった。最寄りの駅の近くにある喫茶店で待ち合わせる。

「黒枝医師の具合は？」

開口一番水野は聞いてきた。

「遥奈君の話によれば昨日の夕方、一度発作を起こしたそうだがもうおさまった。回復は順調なんじゃないかな」

「あなたはまだ会っていない？」

「というよりも会わせてもらえない。見ず知らずの他人よりも、知人を優先的に面会させる方が治療になると主治医の片桐さんが主張している」

「それ単なる警察対策かもしれないわよ。警察関係者は他人に決まっているもの。ここの署長の大和田さんから、警察はまだ黒枝芳樹を尋ねていないと聞いた。もちろんこれは変死者を出した身内への形式的な事情聴取にすぎないわ。とはいえ父親が有力な代議士で次期総理候補とあれば、彼らにとってこちらはなるべく避けて通りたい存在よ。何のはずみで埃《ほこり》が叩《たた》き出されてくるかわかったものじゃないから」

「すると片桐さんは共犯というわけか？」

日下部はいささかうんざりした気持ちになった。彼は一目見た時から、片桐一人の稚気と隣り合わせの、飾らず暖かい人柄に好感を抱いたからであった。

それは医師というよりも、日下部たち人文科学系の学者たちが持ち合わせている研究者魂に類似したものだった。つまりは理屈ではない、天性の感受性が受容せずにはいられない、不滅不変の倫理感の所持者――。

「人間はそうそうさわやかにばかりは生きられないわよ。たいていはつながりやしがらみで生きているものですもの」

めずらしく水野は世馴れた一面をのぞかせた。

「ところでどうだった、そちらは?」

日下部は気を取り直して聞いた。

「遺体については現在調べられる限りの調査が行なわれていたわ。司法解剖《かいぼう》も含めてね。細菌もウイルスも発見されなかった。あれはたしかに変死体にはちがいないけれど、短時間に老化が進んだものとしか見做《みな》すことができないとされた」

「その理由については?」

「不明」

「塩分の異常摂取のことは?」

「体内の塩の分析はできているの。あれはまちがいなくヨットが漂っていた付近の海のものだった。だけどどうして海の塩がヨットをさびつかせた上、彼らの体内に吸収されたか、そんなことがどうして瞬時に起きたのかについてはまだわからないのよ。わかっているのは生命を脅かすほどの多量の塩が摂取され、泌尿器《ひにようき》系を中心に臓器が不全になって死亡したということだけ」

「付近の海水に電磁波が生じた痕跡《こんせき》は?」

「残念ながらそこまでは調べてないし、これからもそれは行なわない方針のようだった。

遺体が危険なものでないとわかった。この先奇病は広まらない。関係者はほっと一息というところなんじゃないかしら。もっともこれではどうして、屈強の若者が突然死したのかの答えにはなっていないけれどね」

「現在、井上捜査室付きのぼくらはこの先どうするのかな？」

「黒枝章吾にこの旨《むね》は連絡済みよ。まだ彼からのコメントはなし。このまま何ともいってこない確率も高いわね。息子たちの遺体が他に及ぼす影響がないとわかれば、このままほっかむりを決め込んだ方が得策。調べてくれとこちらに頼んできたのは、伝染病などの形で変死体の影響が社会に大きく出て、責任問題になった時の苦肉の切札に必要だったのかも。息子の死因よりも自分の政治生命の方が大事、まあとかく政治家はそう考えるものでしょ」

またしても水野は世馴れた物のいい方をした。捨《す》て鉢《ばち》な口調だった。さらに、

「やってらんない心境だわ。ああくさくさしてきた。振りまわされるこちらはいい面の皮だもの。もうばかばかしくなってきた。つきあわない？　どこかで飲みたい気分」

と続けた。

「いいね」

日下部も同調した。相沢家のもてなしは西秀子や遥奈の応対も含めて申し分なかった。

主人の相沢庸介は好人物で片桐一人には人間的に親近感を覚えた。

だがやはり気は使うものである。相沢邸では事件や依頼人の黒枝代議士についていいた

い放題は慎まねばならない。何しろ黒枝章吾はこの地を代表する大人物だし、何はともあれ一人娘の遥奈の未来の夫の父親なのだから。

「あなたの方の収穫を聞きたいわね」

日下部と水野は縄のれんのかかった和風スナックに落ち着いた。このあたりは米所とあって銘酒といわれる地酒が作られる。当初何を飲んだものかと見極めかねていた彼女は、やっと季節限定の生酒に決めて注文した。

「昨日訪れた玉藻寺からまわったんだが」

実をいうと今日日下部はこの地方にあるミイラ寺を訪問していたのであった。玉藻寺をもう一度訪れたのは、祀《まつ》られている即身仏についての古文書を見せてもらうためだった。日下部は寺男とだけ説明された一世上人たちのルーツに興味を覚えたのである。

「寺男というのは寺の使用人のことだろうが、代々寺に仕えていたというわけではなさそうだ。だとしたら彼らはどこから来たのか？　それを知りたくなった」

「彼らはやはり罪人だった？」

美也子の父親の住職は否定したが、それ以外考えられないというのが日下部の推理だった。住職が木乃伊仏罪人説を否定してみせたのは、ダーティーなイメージを回避し、即身仏信仰を崇高なものとして現代に生きながらえさせるための便宜《べんぎ》であった。

日下部がそれを指摘すると覚悟を決めたのか、住職は不承不承古文書の類《たぐ》いを出してきてくれた。

「嘘《うそ》をつこうとしていたわけじゃありませんよ。ただ誤解されたくなかった。観光客はそうは深く考えたりしないものでしょうが」

といい添えて。

「ただし罪人といっても強盗などの極悪人ではなかった。玉藻寺のミイラについていえば熱血漢の土木作業員。孝行息子でもある。喧嘩《けんか》っ早いのが玉に傷。洪水発生の折、民衆のためには何一つ手立てせず、酒宴を続けている武士の一団に腹を立てる。乗り込んでいってやりあい、相手を殺してしまう。そこで当時警察権が介入できなかった玉藻寺に逃げ込み、世のため人のため、即身仏への修行に目ざめる。つまり正義の人の数奇な運命」

「武士殺し伝説ね」

「そう。このパターンは他の寺のミイラの伝聞にも多かった。前身は農夫という即身仏なんだが、この人は堆肥《たいひ》の入った桶《おけ》を担《かつ》いでいて道で武士にぶつかる。堆肥が着物にかかったとして武士は怒り、彼を斬《き》り殺そうとする。そこで彼は応戦。やはり武士の一人を殺してしまう。そして寺へ」

「為政者である武士は悪。民衆は善。ただし弱い民衆は強い悪に向かって正面きって闘うことはできない。この不条理の担《にな》い手が即身仏。祈りと悟りの空間で勝負する。つまり現世ではとうてい報われない民衆の魂を救う。そこで絶対の勝利をおさめるというわけ。いかにも民衆受けのする話だわ」

「驚いたのは加えて木乃伊仏たちにはさまざまなドラマが存在することだった。ただしどれもやはり民衆受けするエピソード。例えば生前、自分の目をくり抜いて蔓延《まんえん》していた眼病を救ったとする上人の話」

「眼球は人間の死体現象の過程で一番早く腐って融《と》ける器官の一つよ。ミイラ化した後でいくらでもでっちあげられる話だわ」

「それから修行の場である山中に訪ねてきた馴染《なじ》みの遊女を追い返すために、自らの男根を切り取って渡したという上人もいた。これはこの男根だけ祀られている寺で聞いた。本体は行方不明だそうだ」

「信じられない。男根を切り落とした後の止血処置はどうしたのよ? おそらくおびただしい出血のはず。中国の腐刑というのを知っているでしょ。ようはあれと同じでしょう。腐刑の受刑者はその後蚕室《さんしつ》でかなりのケアを受けている。山中で修行しつつ無事に回復したとは思いがたいわ。おそらく死後切断したのよ。目的は伝説作りのためね、きっと」

「あるいはそれがなされた当時は、いったん即身仏になった上人のものとされれば、男根のミイラであっても伝説込みで売れたのかもしれない」

「なるほど」

「あと立ち寄ってみたかったのは例の黒枝医師が興味を抱いたことがあるという行者寺。時間がなくて行けなかった。説明してくれる人もいない無人のあばら屋と聞いていたから、こちらに多少の知識を貯えてからと思い後回しにした。とはいえ今日一日の調査で確信はますます深まったよ」

「行者寺がミイラ工房で、ミイラ職人が大活躍していたという推理?」

「そう」

満足げに日下部はうなずいた。そして、

「寺男という身分が不透明で、社会の不条理を罪の形で負わされた悲劇の人たちの総称と考えれば、この手の人たちの供給源は無限だ」

と続けた。

「需要に応じてミイラ工房が作動していたということね。それ無実の罪を着せられて無理やりミイラにされた人もいたということ?」

日下部はうなずき、

「大変興味深いフィールドワークをさせてもらっている。ただしこれを突き止めたからといって、申しわけないことだが、井上捜査室の仕事には結びつかない」

といった。

十

片桐一人の研究室を兼ねた臨時のプライベートルームは、院長室の隣りの応接室が使われている。彼は黒枝芳樹が落ち着くまでここ一週間はこの地に滞在すると明言していた。

相沢庸介は晴れない自分の気分を叱咤《しった》激励《げきれい》して応接室まで歩んだ。

「パパ、わたし不安だわ。芳樹さん、ほんとうによくなっているの？　手術が成功したのにあんな奇妙な発作が出るのはおかしくない？　お願い。片桐先生にほんとうのことを聞いて。パパなら同業者だから真実を話してくれるかもしれないから」

さっき受けた館内電話の遥奈の声がまだ耳に残っていた。

「失礼」

相沢はドアをノックしてノブを回した。

「娘さんに頼まれましたね」

片桐は相変わらず温和な顔と声であった。彼が占拠した応接室は外科の教授の部屋というよりも、オーディオルームといった光景。四角い器械であふれている。ただしすべて医療器械なのだろう、音楽は聞こえていない。

「いやはやとんだ親馬鹿でして」

相沢は苦笑いしながら額の冷たい汗を拭《ぬぐ》った。汗はわきの下にも流れ落ちている。

「何でも芳樹君が飢餓状態の人間が起こす発作にとらわれたとか。それがよほどショックだったのでしょう」

「検査の結果栄養状態は問題なしでした。そこで遥奈さんは逆に疑心暗鬼になられたようですね。脳に障害がある、つまり外傷が残っている証拠ではないかと。わたしにも聞いてきました」

「まさか狂暴な発作の一種ではないでしょうね」

相沢は真顔で確かめた。この病院の後継ぎで将来の娘婿が暴力をふるうようになっては大変だった。

「ありえません。遥奈さんたち相手に何度も繰り返しているように、これは外傷を受けた脳組織の回復が早すぎることから生じた歪《ゆが》みなのです。さっきの芳樹君の発作は、急速に回復している組織に隣接している視床下部の戸惑い現象です。視床下部といえばご存じのように食欲中枢の溜《たま》り場《ば》ですから」

「何も心配することはないと？」

「ええ、まったく。それで症状が落ち着いたので会いたがっているお友達、最上会のメンバーとやらを面会させるように勧めました。まずは知った人たちに会って、死の淵《ふち》から生還してきたという自信を持つのが一番です」

「弟の真也君の死にひどくこだわっていたと娘に聞きました。その話をしたとたんおかしくなって発作にとらわれたと。これは？」

相沢庸介は急に探るような視線になって片桐を見つめた。

「正直どうしてなのか、わかりません。ただきっと彼は遥奈さんの説明を非常に繊細に受けとめたのだと思います。遥奈さんは彼の反応を気にするあまり、かなり深刻な様子で緊張していた。たぶんその情緒が伝わって過剰反応したのでしょう」

「回復していく芳樹君はずっと今のように、相手の表情や声の色などの情緒に敏感なのですか？」

だとしたらまだ発作は起きるのではないか？　庸介は不安になってきた。

「当分はね。それしか相手を知る手がかりがないのですから、仕方ありませんよ。まずは徹底的に分析してかかる。そのうち人間の感情を相手どることに馴れて、それほどでもなくなるはずです」

「真也君とその死、そして自分の行動を覚えているわけはないと？」

「もちろん。彼にとって弟さんの死は重すぎて、今後の回復に支障をきたすとこちらは考えた。あなたも娘さんとの結婚生活に暗い影となってつきまとうことを恐れた。そこであなたも合意され、記憶のデーターから取りのぞきました。この経緯は手術に立ち合ったあなたが一番よくご存じのはずです」

そこで片桐は言葉を切った。

「すみません。お忙しい先生にいわでもがなのことばかりお聞きして。わかりました。とにかく先生を信頼しろ、お任せしろと娘に伝えます。どうかお気を悪くなさらないでください」

庸介はいい、丁重に頭を下げて応接室を出た。背後から、

「そちらにもご連絡がいっていると思うのですが、黒枝章吾氏がこちらへ向かわれているとのことです。一刻も早く回復されたご子息に会いたいとおっしゃっておいでです」

という片桐の声がかかった。

あわてて振り返った庸介は、再び不安な表情に閉ざされた顔で、

「大丈夫なのでしょうか?」

と片桐に聞いた。

「何がです?　黒枝代議士と芳樹君が親子とはいえほとんど接触がなかったことですか?」

「ええ。あの親子は不仲とまでもいえないほど冷えきった関係でした。芳樹君が自分は医者になるから、代議士の地盤は継げないと宣言した時に、決定的なものになったようです。その分こちらは遠慮なく彼を婿に迎えることができると喜んだわけですが」

「つまりあなたは黒枝代議士が彼にとって、赤の他人のように映ることを懸念《けねん》しておられる?」

「そうです。あなたは赤の他人は刺激が強すぎる。少なくとも回復に適した刺激にならないとおっしゃっていましたから」

「その心配なら無用です。黒枝章吾氏については実の父親としてのデーターがインプットされていますから。また父親が代議士であることの社会的なメリットも分析されて記憶されているはずです。つまり黒枝氏の優先順位は上位に位置しているというわけです。黒枝氏はそんな息子を大人になったと見做し、感心するかもしれません。あるいは長い間の親子の溝がこれで埋まるかも」

「ひとつお聞きしていいですか?」

いぜんとして不安な面持ちのまま庸介は聞いた。

「どうぞ」

「わたしの優先順位についてです。わたしは彼を実の息子のように思い期待をかけています。彼の方も同じ医師ということもあり、飲んだ時など、実の父親の黒枝氏以上にわたしとはわかりあえるといってくれていました。この図式はやはりもう諦《あきら》めなければならないものなのでしょうね」

「残念でしょうが今のところはそうです。この手術は実の父親に対するマイナス感情をご破算にするのと同時に、あなたとの堅固な信頼関係、プラスの感情をも消してしまったからです。でもがっかりすることはありません。あなたは黒枝氏と違い、彼とこれからずっと接触し続けるわけでしょう。彼は必ず元のように、あなたとの信頼関係を学習して積み上げていくはずです」

「きっと遥奈とのことも同じなのですね」

庸介の声は悲痛にかすれた。そして、

「まずはいずれ妻になる婚約者だから、自分が後を継ぐ病院の娘だからという判断が先行する。つまり打算しかない。遥奈に対する感情も死んでしまった」

と続けた。

「今はね。ですが必ず愛情は育ちます。ただそれが通常とは逆に後からしかついてこないというわけです。見守りましょう。それしか我々にできることはありません」

片桐一人はそういって相沢に近づき、高い背に自分の手を伸ばして相手の肩を抱いた。

かった。

「がんばりましょう」

さらに片桐は声をかけた。だがその肩は震えていて、彼は相沢院長が泣いているのがわかった。


本橋達也が芳樹の病室に現われた。彼はスクリーン型のテレビと、ほぼ同じ大きさのアレンジメントの花束を持ち込んだ。東京まで行って買い求めた新進のイタリアファッションを身につけている。ハイカラーのグレーの上着にゆったりめの黒いズボン。もちろん似合っていなかった。

派手なことの好きな彼らしい見舞いの趣向だった。達也は出入りする若い看護婦をちらちらと横目で見て好色な視線を送っている。

「ありがとう」

樹脂製のキャップ姿の黒枝芳樹が言葉を発した。その目は射るように達也に注がれている。反射的に達也は芳樹を見た。その瞬間、何ともいえないぞっとするものがこみあげてきた。芳樹の視線に憎悪や嫌悪などの感情が見えたわけではなかったが。

「じゃ、そろそろ」

退散を口にした達也は、入ってきてからまだ五分とたっていないことに気がついた。ベッドのそばにいた遥奈がいぶかしげな顔をしている。

少し早すぎるだろうか。いやかまうことはない。もともと黒枝芳樹とは最上会でのつながりにすぎない。二歳年上の彼とは小学校ですれちがっただけ。

芳樹が中学から県下でも有数の進学校に進んだのに比べて、達也は東京を拠点とするマンモスで有名な私立へもぐりこんだ。もとより遊び仲間であったことなどありはしなかった。

「もう行くの?」

遥奈に咎《とが》められた。それで彼は多少うしろめたくなった。遥奈と達也とは最上会流にいえば主従関係が成りたつことになる。だが小学校、中学と同級生である彼らはたとえそうでなくても友達でいたと、お互い思っていた。

何となくうまが合うのである。達也は勉強嫌いなドラ息子で感性は人一倍でわがまま勝手な反面、意外な思いやりがあった。一方一人娘でさびしがりやの遥奈もせつないまでの感情家だった。

つまりお互いに〝ちょっと似ているところもあって共感できる間柄〟という認識を持ちあってきていたのであった。これを友情といってもさしつかえないだろう。

「達也君に期待してるのよ。ちょっと前に美也子さんとのどかさんも来るには来たんだけどあんまり話、弾まなかったの。二人とも中学、高校と芳樹さんとは同級なのにね。片桐先生、主治医の先生は知った人とのコミュニケーションが一番だというのよ。お願い。何か面白い話してあげて」

遥奈は懇願《こんがん》してきた。

「だけどさ」

何でよりによってお姫様、遥奈はこんなやつに熱くなっちまってるのだろうか。優秀を石にしたようなやつに尽くしがいはあるのか、と達也はいいたい気分だった。

「俺《おれ》が来たのは親父《おやじ》の代理だからさ。最上会の会員として役目を果たしにきた。それだけなんだ。これから仕事もあるし、これで勘弁してくれよ」

達也は椅子《いす》から立ち上がりかけた。すると、

「待ちなさい。話がある」

突然礼をいったきり沈黙していた芳樹が声をかけた。彼は起き上がった上半身をベッドの背にもたせかけている。

一度立ち上がった達也はいぶかしげに芳樹を見つめた。思えば直接今のように話しかけられたことなどなかった。子供の頃はお互い別世界の住人同士だったし、最上会の集まりの時の芳樹は寡黙この上なかったからだ。

「何か――」

達也は再び椅子に座って芳樹の言葉を待った。

「本橋建設では現在、不況対策として製塩業を考えていますね」

さらに芳樹は氷のように冷静な声で続けた。

「しかも塩田方式という古典的なものを採用し、現代では独自な製法をキャッチフレーズにかかげようとしている。利用しようとしているのは浅瀬の浜の一角ですね。そしてそこ

は市の所有地のはずです」

「どうして?」

そんなことまで知っているのかと続けそうになって達也は飲み込んだ。芳樹は黒枝代議士の息子なのだ。業者とのつきあいのつらうらも含めて、政治向きのことは熟知していておかしくなかった。

だが芳樹と父親との長年に亘る確執はこの土地の誰しもが知っていた。絶交状態とまではいかないが、親子とはいいがたい硬直した関係ではなかったか?

「わたしは何も本橋建設の事業拡張を阻《はば》もうとしているわけではないのです。この現代、塩に着眼したのは慧眼《けいがん》だと思うからです。塩が塩田ではなく化学工場のタンクの中でつくられるようになってから、文明病があふれ出したといわれている。従来の塩は塩分の他に、ニガリに象徴される有用なミネラルを含んでいたからですよ。すべてのミネラルの特徴は人間の体内でつくることができないということ。それだけに生命維持のために摂取が必須なわけです。一方現在日本では、塩を天然のものに変えたら花粉症や喘息《ぜんそく》、アトピー、その他アレルギー一般はもとより、不眠症やアルコール依存などの精神疾患、高血圧や心臓病、糖尿病、肥満などの成人病、果てはガンなどの難病にも効果があったというデーターが、全国から寄せられている。他にも塩マッサージで腹部や足のぜい肉がとれたとか、塩の洗顔で角質がとれ化粧ののりがよくなったとかの美容効果も報告されている。つまり天然の製塩業は時代に即したものだということになる」

そこで芳樹は一度言葉を切った。聞いていた達也は〝だから？〟という問いをまた飲み込んだ。芳樹は微笑さえ浮かべながら話をしている。だがやはりある種の冷たさがぞっと伝わってくるのだった。得体がしれない。

「もっとも本橋建設が実現しようとしている従来型の製塩システム、塩田は昔、ここにもあった。製塩業というと、今では坂出《さかいで》などの特定の地域しかイメージしない人が多いが、明治維新までは全国の漁村で塩を自給自足、山間部に売却していた。特例では日本海沿岸に住む武将上杉謙信《うえすぎけんしん》が、宿敵で海のない山国の武田信玄《たけだしんげん》に塩を贈った話がある。塩は貴重品で一国の経済の中枢に位置していたこともあったのだ。そしてこうした塩は食品であると同時に医療品としても用いられた」

「医療品？」

言葉を挟んだのは遥奈だった。食物学科の出身である彼女は芳樹のする話をほぼ知っていた。ただし医療品としての使い道については不案内だった。

「正倉院《しょうそういん》の宝物の中に岩塩と自然塩の両方が残されている。これらは輸入品で当時は感染症である天然痘《てんねんとう》の薬餌《やくじ》療法に使用された。毒素の排出に効果があると見做されたようだ。時代を経るに従って塩の効用はますます広がっていく。内服薬として使われる病名や症状は安産、二日酔い、回虫駆除、便秘、下痢、食中毒、風邪や喘息など。また外用としては傷口の消毒、しもやけ、あかぎれ、歯槽膿漏《しそうのうろう》などに使われた。罨法《あんぽう》といって腹痛、痔疾《じしつ》、打ち身、くじきなどには塩湯に患部を浸して暖め、やけどや発熱などの時には氷のうに塩を入れて冷やした」

「ああ民間療法のことね」

遥奈は納得した。民間療法は食餌《しょくじ》療法であることが多いので、食物学科の講義で少ない時間数ながら習っている。たしか講師は日下部助教授だった。

「でもあなたがこんなことにまでくわしいとは知らなかったわ」

達也はまだ芳樹の顔から目を離せないでいた。いったいこいつは何をいいたいのだ？　内心彼は苛《いら》ついていたがそれを表情に出すまいと必死だった。目の前の相手である芳樹の人間離れした冷たさが恐ろしかった。

「選挙協力や政治資金などでは、父はさぞかし今まで君の家に世話をかけていると思う。このわたしを助けるために君のところはジェット機で片桐医師を迎えにいった。これもありがたいことだと思っている。だがわたしはギルド的協同体である最上会がそれでいいとは思っていない。われわれの最上会はこの地方の発展を担い続けていくべきだと思っているからだ。率直にいうとこのままでは不公平だと思う。そしてその不公平がこの地域全体をだめにしようとしている。現に玉藻寺では、このギルドに所属していながらあまり恩恵を蒙《こうむ》っていない。家業の祈禱《きとう》と観光の木乃伊仏に細々と依存するしかない。そして中根不動産と本橋建設は不仲だ」

「それは仕方のないことだ。がめつすぎる中根のどかは妥協を知らない。結果こちらもあちらもマイペースを保っている。それでいいじゃないか」

やっとそこで達也は言葉を発した。

「君は自分のところが一番儲《もう》かっているからいいと考えているだけだ。がめついのは君も同じだよ。いや、彼女以上かもしれない」

芳樹は手厳しく指摘した。

「そこでわたしは君と本橋建設に提案したい。君のところが特許をねらっている製塩業をギルド全体の、最上会の事業にすること。これは五者にとってもこの地方にとっても都合のいい流れになる。相沢院長は民間療法と健康法に理解がある。だからその効用を病院内部の壁などにかかげてくれたり、特産の塩を使った病人食の講習会を開く手助けをしてくれる。もちろんこれの主催者はわたしの未来の妻だ。それから玉藻寺ではこの塩を祈禱祈願者や参拝者などに売ることができる。その昔、生薬は寺で作られ売られたとされているからね。不自然なことではない。そして大立役者の中根には塩をパック詰めしたり、包装、地方発送する工場の敷地を貸してもらう。わたしは学生時代から彼女をよく知っている。気の強い人だが仁義は守る。君のところが利権を一人占めしなければ、彼女も無茶なことはいわないはずだ」

「あなたのところの利権は?」

達也はそれが気になった。

「父は政治家だからね。総理をめざしていることもあって、クリーンなイメージが大切だ。地元企業とはいえ商売に肩入れしているのはまずい。ここは地元の活性化に一役買った、潔癖かつ実直、つまりは高潔な政治家ということにしておきたい。ただし今までのように、君のところの顔色ばかりうかがうようなことからは免れられる」

やはりここでも芳樹は微笑《ほほえ》んだ。

「うちが嫌だといったら?」

達也は最後の抵抗を試みたが、その声は低くか細かった。

「考えられないことだよ」

芳樹は笑い飛ばした。そして、

「君のところが勝手に塩をつくる。そこまでは結構。でもそれをどうやって売るんだ? 全国への通信販売。それも結構。だが伊豆大島など天然塩を作りはじめて成功しているところはすでにあるんだ。そこのものとどうちがうと証明してみせる? 品質の良さを包装紙に印刷する? そんなことではすぐには売れない。まずはこの地域の人々に買ってもらうしか手はないんだ。そしてそれはまさしくおいしい。塩は必需品だから買わない人はいない。そうなると病気に効くという相沢院長のお墨付きや、農協、漁協各組合への父の働きかけなどが必須になってくるんじゃないかな」

と醒《さ》めた表情で続けた。

十一

最後に芳樹は、

「帰って君のお父さんに話してみてほしい。とても君一人の一存では決定できることではないからね」

といった。

遥奈は複雑な思いで達也を病院の玄関まで見送った。

二人になると達也はたちどころに忿懣《ふんまん》をぶちまけてきた。

「君の婚約者はどうかしちまったんじゃないか？　いわゆる打ちどころが悪かったっていうやつだよ。とにかくインテリの見本みたいな人で物静か。ろくに話なんてしなかったろ。商売や金儲けの話なんかとはもっとも縁の遠い顔してた」

「そうね」

遥奈は相づちを打った。その通りだったからだ。

「最上会が一団となって事業を起こすって？　冗談じゃない。そんな話何百年も前から一度だって実行されたことはないんだ。最上会はギルドなんかじゃない。人畜無害の縁故の会なんだ。小藩の大名とその家臣筋の会ってことになってるけど、それにしては日下部って人がいった通り、メンバーの仕事に矛盾がある。ようは準親族関係みたいなものさ。それでずっときたし、この先もそうあるべきだ。第一事業を共有するには能力差、持っている資金の差がありすぎる」

芳樹に見つめられなくなった達也はやっと恐怖から解放されると、こみあげてきた怒りで顔を真っ赤に染めた。それから、

「このことをおやじに報告するつもりはないよ。これは本橋一族を馬鹿にした話だからね。第一俺はやつがみくびっているほどひよっ子じゃない。何のかんのとうるさくいってもおやじは俺を認めている。大事なことを決定する時はたいてい俺の意見を優先させる。やつには不本意だろうが本当のことだ」

といい捨て呼び寄せたタクシーで去った。

その後、遥奈は応接室の片桐を訪ねた。ノックをしても答えがなく、

「失礼します」

と断ってドアを開けると、教授はソファーに座ってテーブルを占領している器械を操作していた。そのためか普段接している彼とは別人のような気むずかしい顔をしていた。

それで遥奈は声をかけるのをためらっていると、

「ああ、あなたでしたか」

いつものように満面に笑みをたたえた。

「何か気になることでもあるんでしょうか？」

遥奈はこわごわと器械を見ながらいった。この中に芳樹の現状況を分析するデーターが

眠っているにちがいない。

「この器械は彼の脳波測定器と直結しています。あなたがあまり案じすぎるといけないから、昼間の発作を分析していたところです。出所はどこかとね。それがわかればあなたもお父さんも安心なされるでしょうから」

「それでわかったのでしょうか?」

「いいえ」

片桐は首を振って笑みを消し、やや曇った表情になった。

「この器械は脳波を分析して、脳に関してどんな仔細《しさい》な変化も見逃すことなく指摘し得るものなのです。にもかかわらず発作の痕跡《こんせき》は記録されていない」

「ということは病変は脳にはないということですか?」

遥奈はどっと気持ちが落ち込むのを感じた。

「たび重なるようでしたら全身のCT検査が必要です」

そういって話に一区切りつけた後医師はめずらしく、ほっと疲れた息を吐いた。

「お疲れのところありがとうございました。失礼します」

遥奈はそこで一礼してきびすを返した。実はさっきのことを聞いてもらいたくてやってきたのだった。達也が指摘した通り、芳樹の性格ががらりと変わってしまった理由は何なのか——。

だが考えてみればそれは達也や遥奈の単なる主観でしかなかった。芳樹は常日頃から地元の経済を大きく牛耳《ぎゅうじ》ってきた本橋一族に対して、思うところ、含むところを腹におさめていた。そしてそれを遂《つい》に表明しただけだといわれそうだった。少なくとも第三者の片桐医師はそう解釈するだろう。だからこれを話す相手として彼は適任ではなかった。

でも、と遥奈は想像できる医師の見解に反論する。いくら日頃から思っていていいたいが口にしなかったことでも、こんな時に、つまり瀕死《ひんし》の状態から甦《よみがえ》った後すぐ見舞いに訪れた相手にぶつけるだろうか？

以前の芳樹ならありえないことだった。芳樹は寡黙だがデリケートな神経を兼ねそなえていたからだ。

遥奈は思いついて、達也の前に訪れた松田美也子と中根のどかに連絡を入れた。二人とも各々携帯の番号を手帳にメモしてあった。連絡はすぐについた。至急会いたいという旨だけを伝えると、

「わかったわ」

ちょうど農場レストランの店じまいをしたところの美也子は短く答え、

「あなたが何を聞きたいのか、およその見当はついてるのよ」

自宅にいたのどかは同情のこもった声を出した。

二人とは駅前にある二十四時間営業のファミリーレストランで落ち合うことになった。これからこのことを日下部と連れの刑事にも相談したいと遥奈は考えた。片桐は芳樹について医師としての思いが強すぎる。先入観のない第三者の意見が聞きたかった。

遥奈を送り出した片桐は再びソファーに座って器械を前にした。電源を入れて操作をはじめる。脳波の画面をにらみ続けた。気になる箇所に近づく。彼は身構える気分になっていた。

遥奈がノックする音が聞こえなかった時、彼はあの京都の研究室で見た男の姿を見ていた。それは前の時のように壁に映ったのではなかった。宙に突然現れ出たのでもない。ある箇所で脳波の波がゆれてわずかに異常を示した。その刹那《せつな》片桐の脳裏に見覚えのある男の顔が、怨念《おんねん》と情念そのものの恐ろしげな顔が、あふれるように繰り返し映し出されてきたのだ。

フラッシュバック、単なる記憶の蘇生《そせい》だと彼は見做した。しかしだとしたらこのフラッシュバックを可能にした源は何なのか？　この電気で作動する器械の箱があの幻影に直結しているとは考えにくかった。

だとしたら源は箱の中身、芳樹の脳波ということになる。また同じ箇所で幻影が現れ出ることが繰り返されれば、そう断定していいかもしれない。それで彼は再び器械に向かっていた。もう二度とあの顔は見たくない、現れてなどほしくないと思いつつ。

一方同じ頃、西秀子は相沢家の台所に詰めていた。懸念していたのとはうらはらに家政婦の仕事は大変ではなかった。相沢院長や遥奈は思いやりのある、寛容この上ない人柄であったし、通いの手伝いの女性も秀子と同年輩で朴訥《ぼくとつ》そのもので親切だった。

滞在客の世話にもすぐ慣れた。もともと秀子は売り子といっても外商専門で接客業は得意だったからだ。勘どころが悪くなかった。ようは片桐や日下部、水野たちが必要以上に気を使わず、くつろげるようにすることが先決だとわきまえていた。

これには食事の世話なども含まれていて、院長や遥奈から特に指示がない限り、彼女は夕食の準備をしないことに決めた。

夕食の時間にたまたま帰ってきた輩《やから》がいたら、好みを聞いて何かできるものをつくるか、料理屋の仕出しの助けを借りればいい。子供のいないこの家はそれでいいのだと、通いの手伝いが耳打ちしてくれていた。

もっとも黒枝芳樹の手術の後は、全員そろっての会食が仕出しをとって行なわれた。にもかかわらずこの日彼女は引き寄せられるように台所にいた。シンクの上には洗いあげてざるにあげた山菜やきのこが並んでいる。これらは例の手伝いの女性が持ってきてくれたものだった。

彼女が持参してきてくれたものはこれらの他に行者にんにく、たけのり。たけのりというのは深山のブナの木に宿生する地衣類で、海でとれるのりに似た風味があるという。行者にんにくは山岳地帯や東北以北の冷涼地に生息している、にんにくと同じ強烈な香りがあり、滋養強壮に役立つ植物。たけのりと並んで山岳修行者、つまり行者たちの重要な糧であった。

そんな調子でたけのりや行者にんにくについて説明した彼女は、

「どれも今の時期羽黒山の宿坊で出るものですよ。煮たり、揚げたり、ご飯に混ぜこんだり、汁にしたりする。ここいらではめずらしくないけれど、都会の人には新鮮かもわからない。どうぞ、召し上がれ」

　といって置いていったのだった。

　そしてほどなく西秀子はこれらの素材の料理にとりかかっていた。誰が帰ってくるともしれないのにである。なぜか気持ちが動き手が動いていく。理由はなぜともわからない。

　もっとも幼い頃から毎年母に手を引かれてこの地を訪れていたせいで、山菜や豆腐などを使ってつくられる精進《しょうじん》料理には馴染みがあった。泊まっていた宿坊で出され続けてきたものだったからだ。

　亡くなった母への思い出に浸りたいためだろうか？　それしか考えられなかったが、今一つぴんとこなかった。もとより普段の秀子は精進料理を愛好しているわけではない。

　その思いとは別に秀子の手は機敏に動いていく。来客用の輪島塗《わじまぬ》りの弁当箱が納戸《なんど》にしまわれていることは、すでに先輩の同業者から伝えられている。

　それを二人分取り出してきた。

　丁寧に洗いふきんで水を拭って仕上がった料理を詰めていく。

「月山の掛け小屋」

　といって月山でとれるたけのこと油揚げの煮物の入った鍋をとりあげた。

「羽黒修験の柴灯《さいとう》」

茹《ゆ》でたわらびにしょうが汁をかけた鉢に菜箸を伸ばした。

「聖山《ひじりさん》の春秋」

それがたけのことしいたけのてんぷらであることも知っていた。さらに、

「月山の焼山」

がたけのりの酢のものであることも。

秀子は最後に詰めた、〝月山の焼山〟を見つめながらはじめて首をかしげた。これらの料理に付けられた名前が、口から迸《ほとばし》ったことはそう奇異には思わなかった。子供の時なら教えられた料理の名に興味を示したかもしれない。とするなら幼い頃に積み重なって、ある時からずっと忘れられていた記憶が反芻《はんすう》したのだと解釈できた。

だがたけのりの料理法についてはどこで誰に教えられたというのだろう? すでに帰ってしまった同業者でないことはたしかだった。彼女は秀子にうっかり教えそびれたのだ。にもかかわらず秀子はこの特殊なのりの調理法を知っていた。このままでは苦みがあってとても食べられない。まずは米のとぎ汁でゆでてよく苦みを洗い落としてから使う。たけのこと同じ処置ではあるが、何も知らないでこれを応用できたとは考えられなかった。

秀子はしばし当惑気味に自分の手による精進弁当をながめた。だがその時間は長くはなく、やがて彼女はふたをしめ、その一つを用意した風呂敷《ふろしき》に包んだ。

戸締まりをして無人の相沢家を後にした。相沢病院へと向かっている。この弁当を誰よりも片桐一人が待ち望んでいる、それが彼女にはわかっていた。

そしてその気持ちをわかちあうために、自分も帰ってから同じ弁当を食べなければならないということも――。

日下部と水野は相沢邸の前までタクシーで帰ってきた。表向きは旧家然としている相沢家の門構えには、一枚板がふんだんに使われている。夜の闇《やみ》の中にそびえたって見えた。だがその山門を想わせる門に明かりは点《つ》いていない。

「西さん、どこかへ出かけたみたいですね」

声をかけられた。遥奈が病院の専用車を待たしていた。

「家は鍵《かぎ》がかかっています。たぶんお二人とも鍵はお持ちでないでしょう。ずっとここでお待ちしていたのは、実は折り入ってご相談したいことがあって、しばらく違う場所でお時間をいただきたいのです」

「わかりました。ご同行しましょう」

日下部は承諾した。水野とともに専用車の後部座席におさまる。行き先は最寄りのファミリーレストランであった。

「ただし東京にあるチェーン店ではありません。不況対策に土地の居酒屋がはじめたものです。わりに流行《はや》ってはいるみたい。他にこの手の店がないせいでしょうね」

たしかに連れていかれたそのレストランは、ディズニーランド的なイメージのいわゆるファミレスとは違っていた。少女趣味が導入された居酒屋といった雰囲気。

「実はここの店のアドバイスをしたのはあの美也子さんなんですよ。ハーブや新しい野菜、果物を使った農場レストランが若い人に好評なので、その深夜営業版をねらった商売のようです」

先に入っていた遥奈は、奥まった席に座っている松田美也子を指さした。

「なるほど」

日下部は微笑んだ。それでとっくりや刺身の皿が並ぶ居酒屋にはふさわしからぬ、ギンガムチェックのテーブルクロスや、チロリアンテープのついたお仕着せなどの趣味が理解できた。それからメニューにローズマリーのピザやアボガドの刺身がある理由も。

美也子の隣りにはのどかがいた。勤めの帰りと見られる美也子は前に見た時と同じワンピース姿だが、のどかはジーンズにTシャツというラフなスタイルであった。

のどかはやせぎすの美也子や小柄な遥奈とは対照的に、上背とボリュームのある、引き締まったみごとなプロポーションを誇らしげにさらしていた。

ボックスに座って五人は向かい合った。挨拶《あいさつ》もそこそこに遥奈は本題に入った。彼女は本橋達也が訪れ、芳樹が突きつけた話について語った。印象が変わって受け取られないよう、なるべく芳樹の言葉通りになぞって話した。

「ははは、いい気味」

まず反応したのはのどかだった。

「その時の本橋達也の顔ったらなかったでしょうね。痛快、痛快。芳樹さんのいい分、的を得てると思うわよ、わたし。あのね、わたしなりに最上会を分析してみたことあるのよ。こんなたいして意味もない年中行事よりももっとくだらない会、なんであるのかしらってね。芳樹さんはギルドといったそうね。わたしもそれに近いものだったと思う。ただし負のギルドなのよ。つまりわたしたち最上会の先祖たちは何かの犯罪行為、もしくはそれに近いものに加担していた。そしてその秘密を守るために、お互いが裏切らないように会という結束を作ったのよ。だとしたら誰が上で誰が下ということはあり得ない、共犯者同士、利益の分配も含めて協力しあうべきじゃない？　負を分担してきたようにプラスも分け合うべきよ。本橋一族は政界に入った黒枝家を利用し続けて大きくなった。これでは一軒だけ図に乗りすぎているわ」

「でも今問題なのは芳樹さんの意見が正しいか、否かではないの。そんな挑戦状みたいなものをあの人が突き付けるような人だったか、どうか。そのことなのよ」

　聞いていた遥奈はのどかではなく、日下部の方を向いて注意深く話の流れを軌道修正した。日下部は遥奈を見つめて、

「君は芳樹君は塩を使った民間医療の話をしたといったね。他に漢方関係の話はしませんでしたか？　例えば紀元二百年頃の後漢《こうかん》の時代にできた、漢方生薬大辞典〝神農本草経〟。そこには眼病や皮膚病、駆虫剤として塩が効くと書かれている。あるいは同じく後漢時代に書かれた漢方治療原典の〝傷寒論〟の名は？　これに出ている塩の効用はリウマチ、神経痛、卒中、過食、皮膚美容など。こうした説明は？」

と聞いた。遥奈は首を振り、

「いいえ。芳樹さんから漢方の話は出ませんでした」

と答えた。

するとするぞ日下部は、

「日本では漢方医療と民間療法はクロスする部分が多い。漢方医学の本やうこんや肉桂などの漢方薬の数々は、仏典と一緒に中国から入ってくることが多かったからです。仏籍にあった僧たちが苛酷《かこく》な修行を求めて山に潜んだ、これがこの地方の伝統でもある山岳修行です。その際に彼らは漢方の本から学んだ知識を山中で実践、さらに応用していったと考えられるからです。ただしこれはあくまで大昔の山岳修行者の例です。この現代、黒枝医師が唐突に民間療法だけを口にするというのは不自然な気がします。彼は若い。漢方医学なら針麻酔など、大学の講義で習ってメジャーな東洋医学として納得しているでしょう。一方、シャーマニズムが伴い、迷信と混同した状態の民間療法となると、どの国のものでも懐疑的なはずです。塩に関係して漢方が出てくるのならわかる。また相沢院長のようなベテランの内科医がご自身の経験から民間療法の有用性を話されるのならわかります。しかしなぜ、大学を出て間もない彼が民間療法を出してきたのか、不思議でならないのですよ」

と疑問を口にした。

「つまり芳樹さんらしくないという指摘ね。正確には青年医師である芳樹さんにはふさわしくない話だということ？」

水野が確認してきた。

「そう」

すると水野は急に矛先《ほこさき》を変えた。

「他のお二人も今日、芳樹さんとは会われたわけよね。お二人は前から彼をよく知っていた。どうでした？　死から生還した彼の印象は？」

それを聞いた遥奈はこっそりと身を縮ませた。聞いてみたくて仕方のないことだったからだ。もとより呼び出した理由もそれだった。彼女は二人の言葉を待ちながら膝《ひざ》の上のハンカチを握りしめた。

「別にどうということは。あの方はもともとあまり話をされませんから。元気になられてほんとうによかったと思います」

ひかえめな口調で美也子はいった。相変わらず成功しかけている女実業家とはほど遠い様子だった。

「嘘《うそ》でしょ」

のどかは吐き出すようにいった。そして、

「たしかにほとんど話はしなかったわ。前もそうだったかもしれない。でも元は気味など悪くなかった。普通だったわ。でも今はちがう。あの人は芳樹さんなんかじゃないわ。その証拠にあの人の目にはずっと青白い炎が揺れ続けていた。そのせいで見られているこちらはすーっと寒くなるの。それほど冷たい光だった。これ、ほんとうよ。だからもう二度とあの人には会いたくない。近づきたくもない。恐いからよ」

と続けた。

十二

黒枝章吾は病院の非常口を出たところで、先を歩いてドアを開けた秘書に話しかけた。

「いやはや驚いたよ」

彼は青森の遊説先から専用車を飛ばしてきたところだった。院長の相沢庸介には連絡済みで、秘書は臨時に専用の出入り口を指示されていた。

現在芳樹の事故はまだマスコミに知られていない。ここの署長の大和田に頼んで伏せることができたからである。一方アイドルだった真也の方はとっくに知れ渡り、黒枝代議士は悲劇の父親として渦中の人になっていた。

とにかくうの目たかの目で追い回される。芳樹の事故が発覚すればなおのこと追跡はエスカレートするだろう。代議士一行は芳樹を見舞うのに人目を忍ぶ必要があった。

地下一階の非常口近くからエレベーターで院長室に向かうと、待っていた相沢と片桐が迎えてくれた。最上会のメンバー同士でつきあいの長い相沢は緊張の面持ちで終始無言。

脳外科の若きホープといわれる片桐だけが話をした。

内容は主に芳樹の手術についてのものだった。まだ日本では例のない画期的な手術法を採用したので、術前あのような極端な誓約書を送り付けることになったのだと説明された。手術の誓約書には、いかなる人格の変容についても術者は責任は負わない旨が条項にしたためられていた。

「あれを見せられた時は正直、芳樹さんは廃人になるかもしれないと思いどきっとしました。冷汗ものでしたよ」

秘書は外へ続く扉の前で振り返った。そして、

「でもさきほどお目にかかってほっとしました。わたし個人の意見をいわせていただければ芳樹さんはよく回復された。このよくというニュアンスには、以前よりいい感じになられた、あなたの息子としてふさわしくなられたという意味がこもっています」

と続けた。

「君も知っての通り、あれとわたしの確執は実に長かった」

そう感慨深げにいいながら黒枝は待機していた専用車に乗り込んだ。

「わたしの多忙が母親の死を早めたなどと、ありもしない思い込みを抱いていたからね。妻が真也の出産の直後亡くなった時、わたしがいてやれなかったことを根に持っていた。それから真也が芸能界へ自分を向けていったのも自暴自棄だといっていた。家族の集いがほとんどなく、家庭らしさのないさびしさが原因だと。これまたわたしへの批判だ。だがわたしはそうは思わなかった。男の子には試練が、孤独との戦いが必要だと考えていたからだ。そして芳樹の性格はデリケートすぎる、直情的な正義感でありすぎる、だから職業

は教育者か医者が向いていると見做していた。わたしの思惑にたがわず彼は医学部へと進み医師になった」

「しかし、それは事故に遭われる前の芳樹さんです」

助手席の秘書が運転手に指示し、車は病院のある場所からそう遠くない、黒枝代議士の別邸へと向かっていた。彼はここ十年来国許《くにもと》に帰るとたいていそちらで過ごす。妻を娶《めと》っていない代議士は、国許の家を選挙事務所に改築していた。

そこには郷里に残った芳樹ももう住んでいない。現在芳樹は空港近くのマンション住まいで、真也が休暇のたびに訪れていたのも兄の部屋だった。たしかに接触がほとんどないといっていい家族だった。

「そうなのだ。何といってもわたしが驚いたのは、芳樹が弟の死にへこたれていなかったことだ。まったくといっていいほどそれに触れなかった。それから祖父の代から続いてきた本橋建設の専横ぶりを批判した。どこから仕入れていたのか、芳樹は本橋がはじめようとしている製塩業についてもくわしかった。本橋一族ではなく、最上会の事業にしたらいというのは、わたしも賛成だ。黒枝家は政治資金のことではずっと本橋におんぶにだっこで、その引け目もあって、どれだけ公共事業の入札などの折、本橋に融通をはかってきたかしれないからね」

「それをネタに業界紙のごろつきからゆすられそうになったことさえありました。ちくったのは中根不動産だという話もありましたね」

「その可能性は十分ある。何しろわたしは、道路計画や新しい鉄道の敷設にしても、本橋のようには中根を優遇してこなかったから。それが不満なのはよくわかる。反感を持たれていても不思議はない」

「最上会をあげての製塩業で中根、松田の玉藻寺、将来縁戚になる相沢に花を持たせようというわけですね。たしかにこればかりは政治家であるあなたにしかできない芸当です。同時に本橋の増長を押さえることができる。クリーンなイメージ。あなたにマイナスは何もない。いやはや芳樹さんはまれに見る策士ですよ」

　秘書はその巨体をゆすりながら心から感心したようにいった。

「君、いい策士であることはいい政治家の条件だよ」

　秘書は代議士の声が弾んでいることに気がついた。

「とすると当然、あなたは芳樹さんを後継者にとお考えですね」

「ベッド数をはじめ相沢病院の規模は近隣に比類なきもので、素晴らしい設備が投資されている。だがようは地方の私立病院なのだ。そこの次期院長ではすこしさびしい。少なくとも回復後の芳樹の器はもっと大きい」

　黒枝はうわずった声で息子をたたえた。

「問題は相沢家とすでにとり結んである婚姻の約束ですな。遥奈さんは一人娘で婿をとるしかないわけですから。今になって一方的に破棄というのは波風がたちます」

「その心配はいらない」

にべもなく黒枝はいった。そして、

「わたしは何人もの前途ある青年政治家をこの目で見てきた。どの男もよく光る、しかし冷たい瞳の中に燃えるような野心をひそめていた。それは魔物のような情念だ。必ずや周囲の人間をひきこまずにはいない。さっきの芳樹の目も同じだ。芳樹は婚約の破棄などしなくてすむ。相沢家は芳樹の政界入りを助けるようになるはずだ。院長など優秀だが医師になるしか取り柄のない人間を雇えばいい」

といい切った。

その後車は小じんまりした別宅の前に止まった。門灯は点《つ》いているが中は無人であるとわかっていた。清掃や食事の支度は、秘書が契約してある派遣業者に伝えて彼らが訪れこなす。

黒枝章吾と秘書は玄関を入った。中はクーラーがよく利いている。二人はまず冷蔵庫に用意されたビールで乾杯した。その後交互に支度されている風呂を浴びることにした時、秘書のポケットの携帯電話が鳴った。秘書があわてて取り出すとすでに音は止《や》んでいた。

「すみません。ちょっと出てきます。事務所でちょっとめんどうなことが起こっているようなのです。外部に芳樹さんのことが知られたのかもしれません。今車を呼び戻します」

そういって秘書は再び携帯で音信し、一度脱いだ背広を来た。そして戻した車のクラクションの音を待った。

黒枝はほっと息をついてリビングのソファーに座った。サイドテーブルには仕出し弁当が二つ重ねられている。

それから冷蔵庫からまたビールの缶を取り出して飲んだ。急に空腹を感じた。弁当のふたを取り中を見た。例によって行き届いた懐石風の豪華弁当であった。特に今日は浜で上がる伊勢《いせ》海老の活《い》きがいいのか、刺身に造られている。

だが手はつけず元通りふたをした。芳樹の人格の変貌《へんぼう》を含む奇跡の回復は何よりの吉報で、彼はその喜びを一緒に見極めた女房役の秘書とわかちあいたかったからだ。

一時間半ほどたったろうか。ビールの缶が空いていく。飲みたりなくなった章吾はバーのあるコーナーへと歩いた。ウイスキーに好みはないので封の空いていた銘柄を手にした。冷蔵庫から氷を取って一人分のオンザロックをこしらえる。

「ああ、いい気分だ」

そういって立って飲み干した彼は、そのグラスをバーのカウンターに置こうとして取り落とした。次の瞬間、床の上に落ちたグラスの砕ける音が続く。

そして黒枝代議士自身はもはやうめき声さえ洩《も》らさず、二つに折れたナイフのような形で痙攣《けいれん》し、ぐったりとくずおれた。

芳樹は病室のベッドの上で目を覚ました。遥奈に頼んで持ってきてもらった新しい腕時計で時間を確かめる。寝てばかりいて時間の観念がなくなるのは不本意だと感じていた。

午後十一時十五分。父親だという黒枝章吾と秘書がやってきて話をして出ていったのは、八時半ちょうどだったから、それから三時間近くたったことになる。寝入ってしまって夢を見ていたようだ。

しかし奇妙な夢だった。なぜかここではない別の場所にいた。目の前に家の窓がありそこから侵入しようとしている。これが容易だった。掛け金が外れていることを知っているからだ。

次にはカーテンの影にひそみながら進んでいる。ホームバーのカウンターまで来た。洋酒の瓶が並んでいる。だが迷いはなかった。開いているものでいいのだとわかっている。それを開けポケットから紙に包んだ白い粉剤を取り出す。たっぷり注ぎこむ。

最後にくつろいでいる様子の、ワイシャツ姿の初老の男の背中が見えた。氷の音を響かせながら、ウイスキーをあおった後、グラスを取り落とし、床にへたりこむ。

まさしく人を毒殺する夢だった。

午前二時すぎ、美也子とのどかと別れた日下部たちと遥奈は相沢家へ帰った。相沢家の門灯は点いていて西秀子が青ざめた顔で出てきた。

「旦那様がずっとお待ちになっておられました。何やら大変なことが起きたようなのです」

日下部たちは待っている相沢庸介の書斎へと急いだ。書斎は一階の突き当たった奥にあり二十畳ほどの和室を洋風に改築した造りであった。太い柱にむくの桜が使われている。

四方の壁は砂壁のままで本棚にしつらえられていた。

和服姿の庸介は眉間《みけん》に皺《しわ》を寄せたまま腕を組み、黒革のソファーに座っていた。背にしている床の間の赤いダリアが血の色に見えた。

「お待ちしていました」

律儀な庸介は腰を浮かして立ち上がりかけ、日下部たちにソファーを勧めた。

「実は突発事件が起きたのです。こちらへ帰られていた黒枝代議士が亡くなりました。連絡してきたのは彼の秘書です。まだ警察へは連絡していません。ご存じのように代議士は大人物です。その死は真也君の時にも増してセンセーショナルに扱われるでしょう。今わたしはこれからどう対処するべきか、思案できなくてとり乱しています。それで意味もなくお待ちしていました」

「ここの警察へはわたしから連絡しましょう」

水野はいった。そして、

「それからわたしは現場へ急行します。署長の大和田さんとはそこで落ち合うことにします」

すでにきびきびと立ち上がっていた。

その後日下部は当然のように水野に誘われて現場へと赴《おもむ》いた。現場の黒枝別邸には地元だけあって所轄の警察が先着していた。

署長の大和田一郎は針金細工を想《おも》わせる冴《さ》えない中年男性だったが、瞳《ひとみ》に宿している光は善意と叡知《えいち》、そしてやや時代遅れの正義感にあふれていた。

「すみません。そちらの検分は、こちらの現場検証が終わってからにしていただけると、助かるのですが」

大和田は水野に向かって遠慮気味の怯《ひる》んだ物言いをした。もしかすると彼は朴訥な雰囲気に似合わぬフェミニストかもしれなかった。

「かまいませんとも」

対する水野ははすっぱに返した。

大和田は突然一緒に現われた日下部についても何者かという質問はしなかった。そこで日下部は自分の方から名乗りをあげた。危うく所属の大学名をいいかけると水野が、

「特別捜査室付きの非常勤の先生です」

といった。

三十分は待たされただろう。やっと水野の番が回ってきた。二人はリビングに倒れている黒枝章吾の遺骸《いがい》の前に立った。

くの字に曲がった死体は苦悶《くもん》の表情が顕著《けんちょ》で痛ましかった。すでに周囲は指紋を検出するための白い粉がふんだんにまかれ、鑑識の人間が一作業終えた後だった。

「死因は毒物。青酸性のもの」

水野は断言した。

大和田と日下部はうなずいた。青酸化合物による毒死の特徴は、あんず臭といわれる特

有の臭《にお》いが伴うことであった。

「自殺の可能性は薄いと思う。自分で死を覚悟して毒物を嚥下《えんか》した場合、たとえ苦しみのために苦悶したとしても、これほどではないわ」

水野は総毛立ったまま固まっている代議士の頭部を見つめた。日下部はホームバーの周辺を仔細に目で追っている。棚の中の酒瓶がすべて封を切られていないものであることを確認した。

大和田は水野の言葉になるほどといった表情で一応うなずいた後、

「しかしわたしは念のため、あとで秘書に正式な事情聴取をするつもりです。今はとり乱しているばかりで要領が得ないものですから。つきあわれますか？」

今度は水野がうなずいた。

そんなわけでその後警察で行なわれる、秘書の事情聴取に水野と日下部は同席することになった。

落ち着きを取り戻した秘書は当初の気の動転は、降って沸いた失業の現実によるものだと説明した。

「考えてもみてください。わたしは代議士より二歳年上なんですよ。あの人に先立たれたらどうしようなんて思ったことはただの一度もありません。ゆくゆくは総理大臣の秘書をつとめるのも夢ではない。それが器でないというのなら雑用係でも何でもいい。長年連れ添った黒枝先生は信義に厚い人でした。だから一生何とかしてくださる。少なくとも放《ほう》り出されるようなことはないだろう。心底そう思いこんでいました」

年配の秘書はどこか昔気質の執事を想わせた。彼は愚痴まじりの言葉を吐きながら、ひとしきり涙を流し鼻をかんだ。

「あなたは死体の第一発見者であると同時に、黒枝氏の死の直前まで一緒にいた人物です。発見した時の様子をできるだけくわしく話してください。まず氏の別邸に到着するまでの経緯について」

大和田はてきぱきと本題に入った。

「青森からここへ車で到着したのは夜の七時近くでした。先生と芳樹さんがおられる病院へ立ち寄るためです。それから病院を出たのが九時近く。病院から先生のお宅は車で約十分ほどの距離です。いつもの例で食事や風呂の手配や支度は近隣の派遣会社のスタッフまかせです。近くにある選挙事務所に関係のある人間は使いません。別宅にいる時ぐらい周囲に気を使わない、プライベートな時間がほしいというのが黒枝章吾の願いでした。人気商売の政治家ははたで見ているほど楽なものではないのです」

「あなたが黒枝邸を離れた理由を話してください」

大和田は淡々と質問を続けた。

「先生が一風呂浴びようかとおっしゃった時、携帯に連絡が入ったからです。といってもその電話はすぐに切れてしまいましたが。芳樹さんの事故のことはまだ外部に伏せてありましたから、何か起きたにちがいないと不安になり、わたしはすぐに事務所へと向かいました」

「つまりあなたは事務所から携帯で呼び出されたと?」

「いえ、そう思いこんでいただけです。着いて聞いてみると一様に事務所の人間たちは知らないというのです」

「発信先は読み取れましたか?」

「いえ。公衆電話からだったのだと思います。その後わたしは何だあれはまちがい電話にすぎなかったのだ、馬鹿な心配をしたものだと思い、すぐに黒枝邸に引き返しました。そうしたら玄関は開きっぱなしで先生がリビングに倒れていたのです」

「ところで黒枝氏と別邸に到着してから、あなたが部屋にいた時間はどのくらいですか? そこのところをさらにくわしく説明してください」

水野が質問をかってでた。

「ほんの五分ほどだったように思います。ビールで乾杯して携帯が鳴って止まった。それから運転手の宿泊場所に帰しかけていた専用車を呼んで待った。あるいは十五分は居座っていたのかも。そこのところまではっきりとは――」

秘書は首をかしげた。

水野はさらなる質問を続けた。

「微量でもアルコールが入っていると脳は時間の観念を失うものです。十五分としてその間、黒枝さんが席を立つようなことは?」

「まさか」

一瞬秘書は息を飲んで情け容赦《ようしゃ》ない本庁の女刑事を見つめた。そして、

「わたしが疑われているわけでは」

泣くような低い声を出した。

「仕方ないでしょう。第一発見者を疑え、というのが古典的捜査の鉄則なんだから」

非情にも水野は微笑んだ。そして、

「冗談ですよ。あなたが犯人ではそれこそあまりに古典的すぎるもの。一応順序を踏んで質問しているだけ。続けましょう。現場検証でわかっていることが一つあるんです。それはリビングの窓。サッシの掛け金が壊れていました。犯人はここから侵入したものと考えられる。アルコールは時間の観念も失わせるけれど、同時に警戒心、注意力の類《たぐ》いもおろそかにさせる。あなた方、もしくはあなたがいなくなった後一人になった黒枝氏は、犯人が目と鼻の先にいるのに気がつかなかった。そしてまんまとウイスキーに毒物が注入されるのを許してしまった。その可能性があるんですよ」

と続けた。

「しかし犯人は二人が帰り着くずっと前に、すでに毒を仕掛けていたのかもしれませんよ」

大和田が反論した。

「いや、それはないでしょう」

ここでやっと日下部も参戦した。

「この通り秘書の方は年配とはいえ屈強の大男です。犯人はこの人の腕力を恐れたのではないかと思う。代議士殺しの邪魔になると。それと目的はあくまで黒枝氏一人で秘書は関係なかった。それで携帯電話を使ってみた。あれは断じてまちがい電話などではなかった。これで秘書がつられて外出し、黒枝氏が一人になるだろうと予測した。見張っていてそうならなかった場合は仕方がない、この人もどうにかして殺すつもりだったと考えられます。つまり犯人は完璧にやり遂げるためにずっと現場にいた——」

「ということは犯人は秘書の携帯の番号を知っている人物ということになりますね。そうなるとある程度限定することができますか？」

大和田は秘書の方へと身を乗り出した。

「仕事柄数は少なくありません。でも何とか数えあげることはできます」

秘書は青い顔でつぶやくように答えた。

一方現場検証のファイルに目を落としていた日下部は、

「一つお聞きしたい。あなたはウイスキーがお好きですか？」

といって秘書を見据えた。

「いいえ」

相手は首を振り、

「ウイスキーは先生の好物でして。わたしはもっぱら地酒党です」

といい切った。

日下部は、

「なるほど」

とうなずき、

「犯人が毒を仕込んだ瓶はすでに開封されていたものであることがわかっています。犯人はおそらく二人の酒の好みや飲み方にも精通していたのではないかと思う。代議士はウイスキーが好物だが銘柄には凝《こ》らない、質実を旨としているので空いている瓶を手に取る、一人で飲む時は一気にオンザロックのグラスを空けることまで知っていた。だから代議士一人は入れた毒で殺すことができる。だが秘書は殺せないとはじめからわかっていたのです。だから不可解な電話で追い払おうとした。代議士は相手がいるときは普通の飲み方をする人だった。となると一口飲んで特有の臭いに気がついてしまう。すぐに吐き出すか、苦しめばそばにいる秘書が助けてしまうだろう。犯人はそこまで綿密に計算したのですよ」

と説明した。

十三

書斎の扉がノックされた。相沢庸介はまだ起きていた。このぶんでは一睡もせずに出勤

するこ とになるだろう。

「どうぞ」

扉が開けられ西秀子が立っている。彼女もまた眠っていないはずだが、単衣《ひとえ》の和服姿は一糸も乱れていなかった。やや疲れてはいるが緊張した面持ちを向けている。

「不慮のものとはいえこちらは事件続きです。到着早々から慣れないあなたにご苦労をおかけしています。すまないと思っています」

庸介はねぎらいの言葉を口にした。

「とんでもない」

秀子はいい、

「ご心配なことばかりで、皆さんお気の休まる暇《いとま》もないのがお気の毒です。ただわたしでお役にたつことはほとんどないのが気がひけて」

と続けた。

「遥奈《はるな》は?」

実はまだこの悲報を病院の芳樹には伝えていなかった。別邸で起きた毒殺事件で芳樹をのぞく黒枝一家は死に絶えたことになる。残された芳樹は今や天涯孤独の身である。

遥奈はこうした悲惨な現実をわが身に起きたことのように受けとめていた。過剰反応するあまり彼女はとり乱して、

「ああ、もうわたし、芳樹さんに会えないわ。こんなひどいこと、どうしてあの人に伝え

られるというの？　芳樹さんは自分だけが死線をさまよっただけではなく、続いて二人の肉親を失ったんですもの。酷《むご》すぎる不幸よ」

といって泣き崩れたのだ。

「おまえは芳樹君の看病で疲れているんだ。少し休まないといけない」

庸介はそういって、興奮状態の娘の様子を見かねて睡眠薬を与え、秀子にホットミルクを作らせた。そしてほどなく、書斎で薬とミルクを飲んだ遥奈は、秀子に付き添われて自分の部屋に引き上げていった。

「遥奈さん、やっとおやすみになりました」

秀子は報告した。

「ありがとう。わたしは今から病院にでかける」

庸介は和服の兵児帯《へこおび》に手をかけかけて、

「これから芳樹君、事故にあった遥奈の婚約者にことの次第を伝えてこようと思う。いずれは誰かが伝えなくてはならないだろうから。遥奈からいわせるのは酷だし、警察から聞くよりはまだましかもしれないと思う。少なくとも病変が起きたら対処できる」

といい、ふと思いついたように、

「ところで西さんもご家族が亡くなられて、身内らしい身内はいないと話しておられましたね。お母さまが亡くなられた時、いよいよ一人になったと覚悟した時、どんな気持ちだったか、ぶしつけだが聞かせてください。芳樹君に話をする時の参考にできればと。とにかくこれ以上彼を傷つけたくないのです」

　と秀子に聞いた。

「どうでしたでしょうか」

　秀子は言葉に詰まった。

「ショックでしたか？　自分の人生にぽっかり空洞《くうどう》が空いたような――」

　相沢は持ち合わせている想像力のすべてを結集していた。

「いいえ、そうではなくて、何かが力強く開けたような気がしました。母の看病に疲れていたせいではありません。ほっと気が弛《ゆる》んだわけではないのです。別の世界が見えるようになったような、自分では意識できない力に支配されはじめたような――。新しい自分を感じました。そのせいでここへ来たような気もしています。おかしいですね。こんな話。すみません。ほんとうにとりとめもなくて」

　そういい終わると秀子はこめかみを押さえ、書斎の扉を閉めかけた。その秀子に相沢は、

「あなたの話はもしかして、近しい人間の死が生きている人間にもたらす、具体的なエネルギーのことかもしれない。死そのものの物理的な作用とでもいえそうな。そしてそれは必ずしもマイナスには働かない。だってそうでしょう。それがあなたの転機となって、わたしたちはこうして縁を持つことができたのですから。救われましたよ。これでわたしは芳樹君に話をすることが楽になった。ほんとうにありがとう。どうかゆっくりあなたもこれからお休みください」

といった。それからまた思い出して、

「今片桐先生はよくお休みですね」

と確認した。

「片桐先生ならぐっすりお休みです。通いの方の勧めで作らせていただいた、ここの精進料理を美味《おい》しく召しあがっていただきました」

「片桐先生が目覚められても事件のことはまだ内密に。ただでさえお疲れの先生にさらなる心労をおかけしたくない。芳樹君のメンタルケアはわたしの仕事です」

その後相沢庸介は支度をして車を呼び、病院へと向かった。午前四時十分。すでに夏の朝の空は白みはじめている。

後部座席に座ったまま庸介はふうわりと白い山あいの空間を見つめていた。考えていたのはあろうことか魂についてだった。

医師である庸介はもとより霊魂については懐疑的だった。今は若い時ほどそれが強くはないが、それでも死後の世界があると大真面目《おおまじめ》に信じている輩《やから》を患者には持ちたくないと、常日頃から明言している。こういう患者とは治療をめぐってトラブルが生じることが多いからである。

一方昏睡《こんすい》状態に陥った症例からしばしば報告される生体離脱、その生理現象は科学が否定し得ない自然であり現実だった。

黒枝芳樹にも一度離脱した精神エネルギーが存在するとしたら、それがまだ見えないバリアで彼の肉体を包んで保護しているとは考えられないだろうか？　それこそ西秀子を新しい生きがいと生き方に誘うべく、身内の死がもたらしたプラスのバイタリティーの正体では？

そんなことを考え続けていた相沢はふと我にかえって、これは自分が考えたい方向を選んでこじつけているにすぎないと思った。

庸介を乗せた車はすでに病院の玄関前まで来ていた。長かった夜はもうすっかり明けて、これみよがしな陽《ひ》の光が青い空いちめんから噴水のように注《そそ》ぎはじめている。

車を下りた庸介は人知れず苦笑し、病院の玄関を通り抜けた。そしてまっすぐに芳樹の病室のある階へとエレベーターに乗った。

一方黒枝芳樹はあれからずっと目覚めていた。ある謎《なぞ》が彼を不眠状態に陥らせていたからだ。それはベッドのシーツの足元に付いた汚れだった。

素足の裏を見た。両足とも乾いた土にまみれている。周囲を見回した。靴などの履物は見当らなかった。すると自分は素足でどこかを徘徊《はいかい》してきたことになるのだろうか？

毒殺するのを見届けるのが夢であったとしても、これまで夢だとは思いがたい。それで芳樹は汚れた足とシーツを見つめ続けていたのだった。

ノックがあって答えると一人の男が入ってきた。白衣を着ていた。自分や片桐と同じ医師だろうと見做《みな》した。医師——病気の人の診療、治療を業とする人。

「元気そうでよかった」

相沢は微笑《ほほえ》んだ。芳樹は笑顔の影に隠れている相手の自分への怯《おび》えを察した。もっともこれは目の前の相手だけに限ったことではなかった。初対面ではない知人たちは誰もが同じ反応を示す。

芳樹は白衣の上のネームプレートに目を走らせた。

相沢庸介。遥奈の父親。未来の義父。東北大学医学部卒業。専門、老人医療一般。県下で一、二を争う規模と設備が充実した相沢病院の院長、理事。

「お義父《とう》さんに見舞っていただけるとは光栄です」

特に意識はしなかったが社交辞令の言葉がすらすらと出ていた。

「お義父さん？」

すると相沢はいぶかしげな視線を投げてよこした。芳樹は一瞬迷惑げに彼の顔が曇るのを見逃さなかった。しまったと彼は思い、

「まだいけませんか？」

さらに注意深く相手の顔色をうかがった。

「いや、ほんとうの気持ちはうれしいんだ。わたしが遥奈の父親でありながら、君は決してそのようには呼んでくれなかったから。院長先生。その一点ばりだ。それに君にお義父さんと呼ばれてある事実を伝えるのが、少しだけ楽になった。わたしは今君に大変残酷な

うにいった。

「そこで相沢は笑顔を消した。そしてうつむき、昨夜黒枝章吾が亡くなったとつぶやくよ
聞いていた芳樹にまず閃《ひらめ》いたのは以下のことだった。

黒枝章吾――父親、あるいはもっとも近い血縁者。保守系政党の中堅第一人者。東京大学法学部卒業。警視庁勤務を経て政界に。バイリンガル政治家の草分け的存在。時期総理候補の呼び声が高い。

だが、これは昨夜黒枝が訪れた時に頭に浮かんだ内容と同じだった。その黒枝章吾が死んだからといって何がどうだというのだろう。

芳樹は試みに死について考えようとした。

死――生物の生活機能の断絶すること。

ただそれだけだった。黒枝についてのメモリーと死の概念とはとても結びつくものではなかった。

父親の死を伝え終わった相沢はじっとこちらをうかがっている。相手は何を期待しているのだろうか？　こんな時どんな表情をして何をいえばいいのだろうか。

危うく芳樹は混乱しそうになった。そこで彼は苦肉の策として、

「わかりました」

といい、顔を横に向けてベッドの枕《まくら》に深く埋《うず》めた。感じたのは糊《のり》のききすきた枕がごわ

ごわしすぎていることと、特有の消毒臭だけだった。それからこれができるのは、もう四方八方に管でつながれていないからだという安堵《あんど》感――。

だがたまらずに目頭を押さえた相沢は、

「泣きたいだけ泣くがいい」

そういって病室を出て行った。


警察での尋問《じんもん》は続いていた。

「犯人に心当たりはありませんか？　個人的に恨みを抱いているような人物は？　この手の人物の事件でよくあるのは女性関係の絡《から》みなんですがね」

大和田署長は秘書に聞いた。

「先生は〝英雄色を好む〟のことわざとは正反対の淡泊な方でした。ほんとうです。必要な時はビジネスとして請け負ってくれる女性を選んでおられました。ただ奥様を亡くされた後再婚なさらないなど、他の政治家と比べて多少風変わりではありましたが」

即座に秘書は答えた。

するど署長は頭をかしげながら、

「代議士が亡くなって得をする人物となると、これが芳樹さん一人なのです。ただすでに弟の真也さんは亡くなっていますから、彼が黒枝家でただ一人の相続人です。よほど急ぐことでもない限り父親を殺す必要はない。代議士の資産を調べましたが、代々受け継いできた資産もあるが借金も多い。相殺するとそこそこのものです。この程度のものをねらって殺人が計画されるとは思えません」

といった。

聞いていた秘書は苦笑した。そして、

「それに何といっても、手術後まもない芳樹さんはご病人ですからね。わたしたちと別れた後、別邸まで追ってきたとは考えられませんよ」

とつけ加えた。

一方大和田は真顔で反論した。

「ただし長年に亘る代議士と芳樹さんの確執は地元では有名でした。真也さんがあんな死に方をしたショックも手伝ったかもしれない。感情的な問題が原因で芳樹さんが父親に殺意を抱く可能性はあるんです」

「となるとここはやはり芳樹君を病院に訪ねるのが先決ですね」

日下部《くさかべ》はいい切り、脱いで椅子《いす》の背にかけていたジャケットに手を伸ばした。

外はすでに陽の光がまばゆい朝だった。秘書をのぞく三人は署から専用車で病院へと向かった。院長の相沢には出がけに大和田が訪問を伝えてある。玄関を入るとエレベーターに直行した。

ノックをしドアを開けて入るとすぐに大和田が、

「ご静養中の折失礼いたします。山形県警所轄署の大和田です。お父さまの亡くなられた事件のことでお聞きしたいことがあってまいりました。ご心痛いかばかりかとは存じますが、どうか捜査にご協力いただきたくよろしくお願いします」

とていねいな挨拶《あいさつ》をした。

続いて水野がそして日下部がそれぞれ身分を名乗った。

「皆さん警察関係者なんですね」

芳樹はベッドの背に枕とともにもたれていた。ガラスのように見える無機的で怜悧《れいり》な目を見開いている。もちろんその乾いた目にも白い頬《ほお》にも涙の跡は見当らない。

例によって芳樹の脳裏に閃いた。

警察――国民の生命、身体、財産の保護、犯罪の捜査、被疑者の逮捕、公安の維持を目的とする組織。

「お父さまが亡くなられる直前にお会いになった人物は秘書をのぞくとあなた、院長、片桐医師なのです。相沢さんと片桐さんには後でお話の内容を聞くとして、あなたと代議士がどんな話をしたのか、聞かせていただけますか？　またお父さまがどんな様子だったかも。これはまだ殺人事件と断定できる証拠がそろっているわけではないので、自殺説もあり得ると仮定してのことです」

大和田は質問に入った。

「父とは地域おこしの話をしました。最上《もがみ》会の仕事として製塩業を計画してはどうかという話です。地域おこしの活性化はそこを選挙区とする政治家の使命ですからね。父は大乗り気でした。そしてわたしにも協力してほしいということをいいました」

話しながら芳樹は署長の情緒、特に自分への感情について観察、分析していた。警察関係者らしい猜疑心《さいぎしん》に同居してある種の敬意のようなものが感じられる。大丈夫。この男は御しやすい。

「失礼ですがあなたの職業は医師でしたね。医師が製塩業に関係するのは少しおかしくないかしら?」

水野が口を開いた。芳樹は彼女が猜疑心以外の何物をも自分に向けていないことを看破した。これは手ごわい。

だが怯《ひる》まなかった。芳樹は余裕の微笑をまず浮かべてから、天然塩がいかに健康維持に役立つかを医学的知識をまじえながら話した。

「それ、いつ頃から興味を持たれて研究なさったの?」

女刑事は鋭く突っ込みを入れた。

その質問に芳樹は一瞬頭の中が空白になるのを感じた。答えられない。口をついて出てきそうなのは塩についての知識ばかりだった。知識に絡んだ自分自身の記憶や思い出は、いっさい存在していないかのようだった。

そんな芳樹に日下部は助け船を出した。

「大学時代の課外活動の集積じゃないかな。医学部には医学史研究のサークルがあるようだから。いつだったかわたしもそこに招かれて講演したことがありますよ。たしかテーマは〝現代にも通じるギリシアの医学〟でした。古代ギリシアではミネラルに富んだ泉で沐《もく》浴《よく》させるという治療法があった。これはミネラル健康法ということになりますから、塩による治療法と似ていないこともありません」

聞いていた水野はこほんと咳払《せきばら》いをこぼした。芳樹がいつ塩の民間療法について学んだのか、不思議だといい出したのは他ならぬ日下部だったからだ。

芳樹はその日下部を見つめていた。そして自分への感情を分析しようと躍起《やっき》になった。好意か、悪意か。もとより猜疑心の類《たぐ》いはまるで感じられなかった。

相手はただ無限ともいえるおだやかで暖かな情緒を漂わせている。そしてそれは芳樹にだけ向けられているものではなかった。いってみればこの人の個性そのものといえた。

「あなた方はぼくの知人ではありませんね」

突然芳樹は自身をぼくといい、別の方向に話を持っていった。なぜか不意に日下部に自分の話を、抱いている不安について聞いてもらいたくなったのだ。

「その通りですよ。少なくともわたしと水野刑事はあなたとは初対面のはずです」

日下部は自然に微笑んだ。

「残念ながらわたしもです。もっとも歩いておられるのをお見かけしたことぐらいは、こちらにはあります。ですがそちらがわたしという人間を意識なさったのは今がはじめてのはずです。地元とはいえ警察にそうそう縁のある人間はいませんから」

大和田の方はいいながら苦笑した。

「ぼくは回復に効果があるといわれて、父をはじめ婚約者、最上会の会員など知人ばかりに会ってきました。正直にいって知人は疲れました」

芳樹はそこでほっとため息をついた。それは生還してからはじめて感じた気の緩《ゆる》みだった。さらに彼は続けた。

「ぼくが知人たちとどういう人間関係を築いてきていたのか、皆目見当がつかないからです。彼らがぼくに何を期待しているのか、まるでわからないのです。まだ初対面のあなた方の方が気楽だと感じた」

「われわれが警察関係者でもですか？」

大和田は戸惑い気味に念を押した。

「ええ。だって初対面の相手なら今この場のあなた方の感情だけ忖度《そんたく》すればいい。過去は不要なわけですからね」

「すると過去はよく思い出せないと？」

水野は聞いた。

「ええ、まったく。だから弟や父の死を聞かされても何の感情も涌《わ》いてこない。周囲はぼくがショックを受けていると思い込んでいますが。弟は派手好きで無謀なアイドルだったようですね。そしてヨットで事故に遭ったと。このことも遥奈さんに聞かされるまではわからなかった。ぼくは自分に弟がいたことさえも覚えていなかったんです。それでも黒枝章吾――父の方はどういう人なのか、何とか少しはわかっていました。ただそれにしてもぼくが父とどう関《かか》わったかについてはわからなかった。たぶんそのせいで何も感じないのだと思います。周囲を欺《あざむ》いているようで実にやりきれない思いですよ。自分はほんとうに黒枝芳樹なのだろうかとさえ思ってしまう――」

「お母さんのことは何か思い出せます?」

質問した日下部は沈痛な面持ちの芳樹を見据《みす》えていた。

聞かれた芳樹は目線を宙に泳がせて精神の統一を図った後、

「ぼくの母については何も。母といわれて頭に浮かんだ言葉をいいましょうか。女親、子ある女。それだけです」

と自嘲《じちょう》的にいった。

十四

その日病院を出た日下部と水野が相沢邸に帰り着くと、西秀子は台所に立っていた。

「昼の支度をしていたところでした。よかった。お二人にも召し上がってもらえますね」

かっぽう着姿の秀子は二人を迎えた。

「遥奈さんはいかがです?」

日下部は複雑な思いでかつての教え子を案じた。芳樹は過去と感情の涌かない悩みを語ったが、具体例に遥奈とのことは出さなかった。

だがもとより芳樹があの調子だと、当然二人の関係は以前のようなものではあり得ない。芳樹は遥奈と恋愛関係にあったことさえ覚えていないだろうから。

「先生がお薬を出させて飲まれ、まだぐっすりお休みになっておられます。元気を出していただきたくて、お好きだというものを料理しているところです」

そういって秀子はシンクの上のまないたの前に戻った。

「ほう、めずらしい。鮭《さけ》まるごとですね」

日下部は大きなまないたの上にごろりと横になっている、切り離された鮭の頭と胴体に目を丸くした。

「鮭のステーキはこちらの遥奈さんの好物だと聞いたものですから。もっとも旬《しゅん》は秋なのでこれは冷凍だそうです。こちらではこれをこのままルイペというのだそうですね。ルイペはお刺身に作ったものをいうのかと思っていましたが、ちがうのだと出入りの魚屋さんが教えてくれました」

秀子は器用に包丁を動かして、まず鮭の胴体を三枚に下ろしはじめた。

「ルイペはアイヌ語です。アイヌ語でルイペといえば、内臓も抜かず頭をつけたまま寒気で凍らした鮭のことです」

そう説明した日下部は秀子の見事な魚さばきを感嘆しながら見つめた。

「まるで外科医ね。魚をさばくのは結構熟練がいるもの。医師か魚屋さんのご経験がおありになる?」

一緒に見ていた水野の方は茶化した。

「いいえ、一度も。わたしはずっと着物を売る仕事をしていましたし、結婚もしたことがございませんでしたから、チャンスがありませんでした。母がよくやっているのは見ていました。だから見よう見真似《みまね》ということになりますでしょうか」

秀子は笑いながらいった。そして出刃包丁を動かす手を止めて、

「それときっとこの包丁のおかげもあるのではないかしら。まるで手がすべるように動くんです」

と続けた。ふと何もかも魔法のように手先が動いてこしらえることができた、片桐医師とわかちあった精進《しょうじん》弁当を思い出した。あの時の感覚に似ていないこともない——。

それから彼女は三枚におろした鮭の身をステーキ用に切りわけたところで、冷蔵庫の扉を開けた。

「それからこれも」

瓶詰を三種類出してきて日下部たちに見せた。

「筋子、白子、めふんですね」

筋子はいくら同様鮭の卵であり、白子は雄の精巣、めふんは腎臓《じんぞう》または背わたに相当する。どれも一般的には保存のきく瓶詰の状態で、酒の肴《さかな》に適した珍味として売られていることが多い。

「これも遥奈さんの好物？　だとしたら彼女なかなかの左党なんだわね」

目を輝かせながら水野はいった。どれも酒好きの彼女の好物であった。

「ではなかったんですけれど。それから瓶詰を買う気も実はなかったんです」

秀子は頭をかしげながら当惑気味に話をはじめた。

「これは近くの商店で見かけてつい買ってしまったものなんです。これでどうしても料理を作らなくてはいけない。その時はなぜかそんな気持ちになっていました」

「それ、どんな料理です？」

日下部は真顔になって聞いた。

「めふんはそのまま塩をかけて食べ、よもぎと野菜の入ったおかゆに生の白子を入れて食べる、それから筋子とじゃがいもの煮物」

「それらの料理はお母さんが作られていた？」

「そうです。西家のおふくろの味で姑《しゅうとめ》から教わったと聞いています」

聞いた日下部はしばらくまじまじと秀子を見つめた後、上気した顔になって、

「これはあくまでぼく個人の推測にすぎないことです。そう思って聞いてください。どうやら西家とぼくのところとはそう遠くない縁で結ばれているようだ。そのことについて今からお話しします」

といった。

「何よ、急に突然改まって」

水野は呆《あき》れ顔になったが日下部はそれを無視して話しはじめた。

「まずはこの地方と鮭について話をすることにします。鮭は古来河川で収穫される美味で大型の食用魚です。今では鮭といえば北海道が代表格ですが、従来はこの地方、最上川《もがみがわ》流域が日本における鮭の重要な産地でした。以前この地方の漁業神の神体は鮭を引きつける石だと聞いたことがあります。あるいは鮭の大助の伝説がこの地方を中心に日本海側に残っています。これは鮭の王である大助が鷹《たか》にさらわれた人間を救う話で、大助は神の分身と見做《みな》され、この地方では供物を捧げるとともに禁漁日が定められていました。一方鮭を神として祀《まつ》る信仰はアイヌにもあるんです。鮭はアイヌ語でカムイチョップ。神の魚という意味です。これはぼく流の解釈ですが、この地方の鮭の神とアイヌのカムイチョップとは関連があるのではないでしょうか？　根拠は歴史上にあったアイヌの南下の事実です。青森など東北地方の北部にはアイヌ語地名と思われる土地名が多く、アイヌの遺蹟《いせき》をはじめ、アイヌの直接の祖先といわれている縄文人の遺蹟発掘も盛んです。また鮭の禁漁日という儀式にしても乱獲防止の意味もあるようで、たくまず自然保護を実践していたアイヌのポリシーに近いものです。つまりぼくがいいたいのは、西さんの祖先はその昔、この地方に居住していたアイヌの遠い末裔《まつえい》である可能性があるということなんです。実をいうと白子のおかゆや筋子といもの煮物というのは、典型的なアイヌ料理なんですよ」

「やはりここね」

秀子はやや緊張した面持ちでうなずいた。そして、

「わが家は親戚《しんせき》のほとんどいない東京暮らしでした。それでも千葉の出身だった母の方は

何人かいましたが、父方は伯父《おじ》と名乗る人物が家族の葬儀の折に訪れてくるだけでした。でもその人についての知識は皆無なのです。どこに住んで何を生業としていたのか、まるで知らされていませんでしたが、毎年夏のここの三山参りは物心ついてからずっと。それでたぶんここは西家と縁のある場所にちがいないという気がしていたのです」

と続け、

「ところでアイヌの料理とここの精進料理は関係がありますか？」

と質問した。従来秀子はそう料理が好きな方ではなかった。にもかかわらず昨夜も料理をしたし、今も鮭にとりくんでいる。熱中しているといっていい。

もっとも双方には共通項があった。自分でとっている行為でありながら、何ものかに操られているような感覚。どこかがおかしかった。

「アイヌの重要な糧《かて》であった鮭を通じてならおおありといえます。さっき鮭は漁業神だといいましたが、これにはこの地の修行者たちの山岳信仰が立役者になっているんです。彼らには鮭儀礼というのがあって、鮭を炭化するほど焼いてお守り、伝統薬にしました。つまりもとはアイヌが多く住んでいたこのあたりや山岳地帯に、山伏と呼ばれる修行者たちが入ってきたのがはじまりです。彼らは鮭を含む食料、薬草などについての知識や情報を交換しあったものと考えられます。もちろんその中には料理法もあったはずです」

「となるとわたしは山伏の祖先である可能性も出てきました」

そこで秀子は習ったこともない料理を作れたり、名前が出てきたりする不思議について語った。

「それなら毎年夏ここへ通われたせいですよ、きっと」

水野が指摘した。

「そうなんでしょうね」

秀子はうなずいた。自分でもそう見做すしかないと思っていたところだった。

するとそこへ突然、

「そうだとばかりは限らない」

片桐が起きてきて三人の背後に立っていた。

どこから話を聞いていたのかはしれなかったが、

「実は昨夜この西さんの精進料理を美味しくいただいた。その際料理名は説明してもらわなかった。だが味わいながら料理名が頭に浮かぶんだよ。実に不思議だった。例えば月山の掛け小屋」

「聖山の春秋」

「月山の焼山」

といいつつ片桐は首をひねった。外科医らしく臆《おく》した様子はなかった。むしろ面白がっているように見受けられた。

聞いていた秀子は料理の名称があげられるたびに深くうなずいた。自分の口をついて出たものとまったく同じだった。

「先生はここの生まれでは？」

まさかと思ったが日下部は聞いてみた。

「いや。うちは京都なんだ。ただし何代も続いた名家というわけじゃないが。幕末の頃どこかから流れていって住みついただけのようだ。祖父も父親も平凡な公務員だった。もっとも家の蔵に古い経文が残っていたから、その先々の先祖は寺に関係があったのかもわからない。つまりわたしの知る限りではここととうちは全く関係がない。そう答えるしかないな」

「訪れたことは？」

今度は水野が聞いた。

「いや、それもない。はじめてのところだよ。一応京都人だが精進料理には縁がない。だからどうして知るはずのない料理の名を知っていたのか、皆目見当がつかないんだ。しかしどれもきれいな名前で素晴らしい」

相変わらず片桐の口調は明るく、奇妙な記憶を楽しんでいるように見えた。

ほどなく遥奈も起きてきて昼食は相沢をのぞく全員が顔を合わせた。メインディッシュは脂《あぶら》ののった鮭を北海道産のバターでソテーし、盛りのホワイトアスパラの塩ゆでとこぶきいもをつけ合わせたものであった。

「ほう、奇《く》しくも完璧《かんぺき》な北海道メニューですね。日下部先生のところの郷土料理だ」

片桐がいった。それから日下部が出演して講師をつとめているテレビ番組はなかなか興味深いので、時間があれば見ていると付け加えた。日本人の究極のルーツを忍ばせるアイヌ、とりわけその食文化に魅せられているとも――。

一方日下部は一人我儘《わがまま》をいって塩を振っただけの鮭を網で焼いてもらっていた。

「北海道の食べ方には食傷気味ですか?」

片桐に聞かれた。

「いえ、そんなことはありません。あれもなかなかです。ただアイヌはバターは使わないんです。彼らは西洋人のように狩猟民族ではあったが牧畜は行なわなかった。バター代わりにいわし、たら、アザラシなどの脂を使っていました。これらの脂に塩を加えて使うのですよ」

「どうやらアイヌにとって塩は重要な調味料だったようですね」

「わたしの祖母は終生醤油《しょうゆ》を使わない人でした。日常食である山菜や野菜を使ったおかゆには塩入りの脂で味をつけ、新鮮な肉や魚は塩だけを振りかけて食べる。これが古式ゆかしきアイヌ流です。また塩は脂とちがって海さえあれば無限に確保できるものです」

「砂糖は使わないんですか?」

「寒冷地でも栽培可能のビートのことですか? 残念ながらアイヌの食文化の歴史にはこの砂糖大根は見当らないんです。彼らは脂にほのかな甘味を感じたようですね。それからいたやかえでの樹液。特別なものではプランクトンの死骸の塊である珪藻土《けいそうど》。そんなところです」

「もとより砂糖は糖質そのものでイコール主食ですから他の食物でも補える。塩ほど人体に不可欠なものではない。アイヌ流の調味料の使い方は自然にそくしたものといえそうだ」

「それに塩は海や岩塩さえあればほとんど無限に得られるものです。塩田を作れば大量生産ができますが、そこまでしなくても海水を煮詰めていけば、必ず最後は塩の結晶ができる」

「それ、自然のくれたプレゼントといえますね」

片桐は真顔でいい、聞いていた水野は吹き出しかけた。少年か少女の言葉のようにロマンティックな響きが感じられたからだ。

一方の日下部は、

「もともと人間は海から進化した存在ですからね。海の成分である塩に守られなければ生きられない、そうもいえるんじゃないですか」

といい、

「なるほど自然の摂理《せつり》そのものなわけですね」

片桐は大きくうなずいた。

昼が終わると遥奈と片桐は芳樹のいる病院へと出掛けて行った。日下部と水野は浜へ行く迎えの車を待った。

「大和田さんが何とかここの漁業組合に話をつけてくれたのよ」

この日やっと水野は、真也たちが遭難した場所まで、行ってもらう約束をとりつけていたのだった。発見した漁師たちは、錆《さび》ついたヨットと塩だらけのミイラ死体を目《ま》のあたりにしていた。

見た者の話は仲間中に伝わっていた。それで彼らはすっかり怖《お》じけづき、漁船で現場検証がしたい、という水野の申し出を受ける者は皆無だった。

それがやっと大和田の尽力で実現したのである。

警察の専用車は浜のすぐ手前の細い通用口の前で止まった。十メートルほど先に海水浴場と銘打ったのぼりが見えている。そこまで歩き着くと目の前はもう海だった。

歩くたびに靴が沈み、さらさらと細かな砂がはねあがって落ちる。遠浅の砂浜にスカイブルーそのままの色の海がより添うように重なっていた。今どきめずらしい汚れていない海岸だった。

「子供の頃、夏になると親戚の家に泊まって毎日泳ぎにいった。その時の茨城の海もこんな風だったような気がするわ」

水野がため息をついた。

「だが色はちがうはずだよ。これは日本海特有の青さだ」

日下部は指摘した。北海道は太平洋をはじめ、日本海、オホーツク海と豊かな海岸線に恵まれている。そしてどの海も通過している海流ごとに、含まれているプランクトンや棲《す》んでいる魚類たちのちがい、つまりは命の個性のちがいを色に反映していた。

漁船の運転手が現われた。六十代半ばの男性で恰幅《かっぷく》がよく、顔は見事に潮焼けして赤銅《しゃくどう》色に輝いている。

「お忙しいところをすみません。よろしくお願いします」

と水野が身分を名乗った後、丁重に挨拶《あいさつ》すると、

「あんた方かね。あの騒ぎの原因を調べにきたのは」

大きな目を剝《む》いた。そして、

「あれなら調べるだけ無駄だよ」

といい、慣れた足どりで砂浜を歩きはじめた。彼は桟橋《さんばし》にくくりつけてある漁船に向かっている。

日下部たちは急いで後を追った。歩いていく途中、右手の砂浜にはロープが張られ、真也の物と思われる、錆びていなければさぞかし豪奢《ごうしゃ》なものであろうヨットが鎮座している。そのさらにはるかかなたに、やはりロープのしきりと白い旗が見えていた。かなり広範囲に渡ってしきられていることから、あれが本橋建設が開発しようとしている塩田予定地ではないかと日下部は思った。

エンジンの轟音《ごうおん》とともに漁船は沖をめざした。二十分ほどたった頃、海上を漂うロープのような白いきれはしが目に入った。近づいていくとそれはさっき砂浜で見た旗と同じものので、ぽつぽつといくつも海に浮いて四角い形を作っている。

「あそこだよ。あそこにヨットは泊まっていた」

運転をしていた漁師の老人は、日下部たちと船に乗り込んでからはじめて口を開いた。

「ぎりぎりまで近づいてみてください」

水野が頼んだ。

「行くことは行くが、そばには寄れない」

老人はいい切ると、白い目印付近へと船を加速させた。そして浮いている旗の数がわかる程度まで近づくとぴたりと船が止まった。

「だめだ、ここまでだ」

彼は後方の水野に向き直った。固い意志を示す唇を真一文字に結んでいる。

「どうして?」

いいかけた水野を制するように、

「潮の祟《たた》りを信じておいでですね」

日下部はいった。

相手はうなずき、

「あそこにはたぶんエビス様が眠っておられたのだ。黒枝の息子たちはその眠りを妨げた。だからエビス様がお怒りになられてご自身と同じお姿にされたのだ」

といったきりまた黙りこんだ。

それからがんとして彼は船を前に進めようとはしなかった。

「あれどういうこと?」

船から下りて老人と別れ、砂浜を歩きはじめると水野が聞いてきた。

「論理だてて説明するには少し整理が必要」

日下部はやや困惑した表情になっている。

「じゃあエビス様って何なの?　エビス顔のエビス?　商店や商売の神様?　それだとしたら海とは関係がなさそうね」

水野は気の短い性分である。

「いや、従来エビスは漁業の守護神だよ。大漁を約束する神で海底にある石を神体にしているところが多い」

「それと塩の祟りとどう関係があるの?」

「ぼくは潮といったんだ。これは単なる塩ではなく、海からの天然塩を示す。古来日本では塩は海の霊力とイコールだった。葬式の帰りに清めの塩が用意されている風習、まだ残っているだろう。あれだよ。その他塩は盛り塩など清めの呪物《じゅぶつ》、祈願の供物《くもつ》として儀式や生活の場で万能に使われてきた」

「塩はエビスの必須アイテムだったというわけね」

「まあそんなところだ。ところでこのエビスなんだがご神体は地方によっては石ではない。近隣の神像を盗んできたり、はたまた漂流死体を拾ってきてねんごろに弔《とむら》うと漁運が訪れるといわれていた」

「その手の信仰者がまだいれば捜査一課にお入り願いたいものだわ」

聞いた水野は眉《まゆ》をしかめながらいった。刑事の仕事で何がぞっとしないかといって、水死体との対面ほど酸鼻を極めるものはないからであった。

水野は続けた。

「つまりエビスは海の遭難者が好きだというわけね」

日下部はうなずき、

「それでアイテムの塩を使って不法侵入した若者たちに祟った。やれやれこれで何とか説明できたな」

といって首をすくめた。

十五

遥奈は病院の玄関を入ったとたんくらっと目まいを感じた。だが一緒に自家用車からおりた片桐には悟られないように、しばらく立ち止まって身体が揺れないようにした。

「がんばってください。今の芳樹君にとってあなたが唯一の支えなんですからね」

片桐に激励された。

「がんばります」

そうは答えたが、心は不安で浸されていた。芳樹は以前の彼ではないとみんながいっている。もとより遥奈はのどかがいうように芳樹が妖怪だとは思っていない。のどかのあの時の言葉にしても、人格ががらりと変わってしまったことへの比喩《ひゆ》にすぎないと思う。

自動車事故で芳樹は従来では助からない重度の傷害を負った。そして片桐にしかできない最新の手術で生還した。後遺症が出るのは仕方がないことなのだ。そう遥奈は自分にいい聞かせていた。

片桐が説明してくれる、挫傷《ざしょう》した部分の回復のスピードが、周囲の組織になじまないせいだという話は、専門家ではない遥奈にはむずかしすぎた。ぴんとこない。だがそれがすべて芳樹の臨死体験によるものだとすれば、納得できないこともなかった。芳樹は一度死んで新しく生まれ変わったも同然なのだと。

一方そんな不安定な状態の芳樹が最後の肉親の死をどう受けとめるのか、遥奈は気がかりだった。普通の精神状態である人間でもそれは辛《つら》すぎる経験のはずである。たいていの人間はパニックに陥り、我を忘れるのではないだろうか？

「大丈夫でしょうか？」

遥奈は片桐と自宅を出る前に彼に聞いた。直前に病院の父から片桐に電話が掛かってきていたのだ。それは黒枝章吾の死とその事実を芳樹に伝えたことを報告する電話だった。

「大丈夫。案じることはありません」

片桐はきっぱりといい切った。それから、ふと、

「泣いていた？　そんなはずはないのだがな」

と独り言を洩《も》らして考えこんだ。

片桐のそのつぶやきも遥奈には気になっていた。父親の死を知らされれば泣くのが当然と思われるからである。そこで遥奈はその点を指摘した。すると相手は、

「たしかにその通りですよ。ただ芳樹君の場合、例の発作もあったし、そこまで周囲の組織の回復が進んでいないはずだと思ったのです。だから黒枝さんの死は痛ましいが、彼がそれに泣けたのであれば、これは医学的に見て本格的な回復の徴候なんです」

といつものにこやかな表情で諭《さと》すようにいった。

だが遥奈は独り言を洩らした時の片桐の顔が印象的だった。それはおそらくこのポーカーフェイスを旨《むね》とする医師の素顔と思われる、深刻で真剣な表情にちがいなかった。

「お嬢様」

インフォメーションセンターを通りすぎようとして呼び止められた。遥奈は片桐に先に行ってほしいという身振りをして、受け付け係が差し出してきたメモに目を落とした。

「非常勤のケースワーカーの方からの伝言です」

そのメモには芳樹の受け持っていた小児科の患者が危篤《きとく》状態にあること、十歳の男の子であるその患者は転移性の骨肉腫《こつにくしゅ》で、医師の芳樹とケースワーカーの自分が協力して、ターミナルケアーを行なってきたことが報告されていた。

先生になついていた患者の男の子は今死の床でしきりに会いたがっている。こちらは先生が手術後まもない身体であるのは承知しているので、せめて一言なりとも病棟の看護婦

か自分に託してほしい、メモの最後はそう結ばれていた。

遥奈はすぐに小児科の医局へと足を運んだ。患者の名前をいいカルテを出してもらうと、芳樹の病室へと急いだ。今の芳樹は父親を失った悲しみを乗り越えるためにも、医師としての使命感に生きる方がいい、遥奈はそう思ったのだった。

芳樹のところにはすでに訪れていたはずの片桐の姿はなかった。

遥奈はケースワーカーからのメモとカルテの両方を芳樹に差し出した。カルテは芳樹が忘れていた場合、思い出せるようにとの配慮であった。だがカルテを一瞥《いちべつ》した彼は、

「ああ、これね。これはもう助からない。だからぼくは何もできないし、その必要もない」

とにべもなくいい捨ててカルテを遥奈に差し返してきた。ほとんど無表情の芳樹。

「でもあなたはいずれこうなるとわかっていて、この子の闘病生活を支えてきたわけでしょう?」

想像もしていなかった芳樹の反応に遥奈はうろたえた。

遥奈の言葉を聞いた芳樹は、一瞬戸惑いしばらく目を宙に据《す》えた後、

「何も出てこない。わからない。どうして君は突然むずかしいことをいい出すんだ?」

叱《しか》られた子供のような顔になった。

「悪かったわ。ごめんなさい。これはまだあなたには深刻すぎる現実だったのね、きっと。わかった。いいのよ。もう忘れて。これはなかったことにしましょう」

そういった遥奈はカルテとメモをベッドテーブルに置いた。そして自分の手を差し伸べて、

「今あなたに必要なのは癒《いや》しだわ。それもとてつもない量が必要」

毛布の上の芳樹の右手を取った。ささやくように言葉を続ける。

「覚えている？　わたしが聞きわけのないお嬢さんだったこと。あの当時はわたし、あなたに気に入られているかどうか、自信がなかった。もしかしてあなたはわたしを女ではなく、妹みたいに思っているだけじゃないかしらって――。だからわたしの方からあなたに迫ってみたの。でもそれでよかった。あれがきっかけで、あなたがわたしを思ってくれていることがわかったのだもの。あなた、あの後いったわね。君はぼくの永遠の癒しだって――。うれしかったわ。その気持ちわたしは今も変わらない。わたし、ずっとあなたを癒し続けたいのよ」

この言葉を芳樹は黙って聞いていた。さっきカルテとメモによってもたらされた不安と苛立《いらだ》ちがさらに募《つの》っている。

頭に何も浮かばない。どうしていいかまるでわからない。婚約者というものは自分を破滅させる存在なのか？

感じられるのは遥奈の感情だった。一種の興奮状態、あるいは自分への好意。もっとも、それはどう対応していいかわからない種類のものだったけれども――。

芳樹は行き当たりばったりに遥奈の言葉に含まれていたフレーズを拾いはじめた。お嬢

さん、妹、癒し。そこまではどれも今の遥奈の状態を示すものではなかった。最後に彼は女に行き着いた。

するとあろうことか、解釈の言葉は出てこなかったが、代わりに昨日見舞いに訪れた女性の姿が閃光《せんこう》のように閃《ひらめ》いた。突き出た豊満な胸、くびれた腰つき、厚化粧。中根のどか。めくるめく思いが彼の下半身を熱くしていた。

女——中根のどか。

「どうしたの?」

相手の手をとったままの遥奈はいぶかしげに聞いた。芳樹の手は白く冷えた蠟石《ろうせき》を思わせた。自分の心のぬくもりは伝わらないのか?

「いや」

芳樹は首を振った。

「何でもない。ただちょっと疲れただけだよ」

そういいながら彼は遥奈を観察した。薄い胸、ほっそりした少女のような小柄な身体つき。

女——中根のどか。

ゆえに目の前の婚約者は女ではないのだ。結論を出した彼は冷淡だと悟られないように、ゆっくりと遥奈に預けた右手を引いた。そして、

「悪いが少し眠らせてくれないか。明日、やっかいな検査があると片桐先生にさっき宣告

された、と感じていた。

といい、一刻も早く献身的な婚約者にここから出て行ってほしいと感じていた。

「わかったわ。ゆっくりお休みなさい」

遥奈は笑顔を向けた。

「君もね。君だって疲れてる。気がかりだ。今日の夕飯はぼく一人で大丈夫だよ。つきそいはいらない。家に帰って早く休んでほしい」

芳樹はいった。目的のために相手を欺《あざむ》く言葉となると、どうしてこうもなめらかに出てくるのか、不思議だった。

遥奈は去り、芳樹は念願の一人になった。遥奈とのやりとりはほんとうに疲れたのだろう。彼はしばらくまどろみ夢を見た。

見たことのある顔だった。伸びきった髭《ひげ》とのみで剃《そ》り落としたような鋭い輪郭の黒い顔、青白い情念の炎を切々と燃やしている見開かれた大きな目。その目からするりと涙がすべり落ちる。

〃この恨み末代まで祟《たた》ろうぞ〃

〃行者寺へ行け〃

こうした言葉がこだまのように響き続ける。

目覚めた芳樹は自分が涙を流していることに気がついた。夢に出てきた餓死寸前に見える男のために泣いていたのだ。

彼は特に言葉の解釈は試みなかった。恨み、末代、祟り、行者寺。その必要などない、すべてわかっている。なぜかそう感じたのだった。

午後八時二十分。中根のどかはまだオフィスにいた。中根不動産の事務所は駅前のステーションビルの五階にあった。駅周辺は昔から中根家の所有地で、当然ながらステーションビルの八割方は中根不動産の持ち分である。

一方のどかはまだ三十前だが、父親亡き後実質上のオーナーである。ちょうどひとまわりちがう弟が一人いたが、生れついて障害を持っていた。母はこの弟の介護に追われる日々であった。

のどかは社長室に贅《ぜい》を凝《こ》らしている。ぶらりとパリなどに出向いて調度品をそろえるのが趣味の一つ。以前はヨーロッパのアンティークが絶対だったが、今は籐《とう》や紫檀《したん》などの東洋調も悪くないと思いはじめている。

社長室の奥には仮眠をとるためと称してベッドルームがあった。彼女は週に何度かここに泊まる。

正直にいうとのどかは家に帰るのが常に億劫《おっくう》だった。旧家の古い造りも陰気臭くて嫌だったし、何より障害のある弟を中心にまわっている秩序じみた重い雰囲気になじめなかった。

あんなところでばかり呼吸していたら、そのうちほんとうに息が詰まってしまう。第一仕事への情熱が餓《かっ》えてしまうのではないだろうか？

といってのどかには家を出るまでの決心はまだできなかった。何といっても本橋と並ぶ土地の資産家中根家の総領娘なのである。周囲の目がそこまでの勝手を許すはずもなかった。

のどかはすでにスーツを脱ぎ捨てて、ふわりとしたシルクのラウンジウェアに着替えていた。アイボリーの地色に黒のストライプが走っている、マニッシュなテーラードスーツも彼女によく映るが、スモーキーに肌が透けて見える杏《あんず》色のスリップドレスの比ではなかった。

見事な曲線美が最高の条件で披露されている。のどかはブランデーを飲みながらベッドルームへ向かい、ドレッサーの前に立ってゆっくりと息を吐き出してみた。

飲むブランデーの種類によって息の匂《にお》いが変わる。またその日の体調とも食べた夕食の中身とも関係する。そのため彼女は特別な日には食後南国の果物、マンゴーやパパイアを一切れ食べるようにしていた。ねぎやにんにくなどは当然遠慮する。

自分の息を嗅《か》いだのどかは満足そうに微笑した。そして申し分ないその匂いに合わせて今度は香水を選ぶ。香水やコロンの瓶はドレッサーの前に所狭しと立ち並んでいる。その中から彼女ははじめて試す、アナスイの新作を取り上げた。

電話が鳴った。携帯ではない。のどかは仕事でしか携帯は使わない主義だった。ベッドサイドの受話器が取られた。

「もしもし」

相手は東京にある某ホテルの営業部門の部長であった。そのホテルではここの海岸の稀《まれ》なる景観に着目して、系列ホテルをつくる計画を立ち上げつつあったのだ。

もっともこの手のプランはバブル期を頂点に今まで降るほどあった。だが実現せず、現在ここには貧相なビジネスホテルが一軒あるだけである。

各企業が今いち踏み切れない理由は、冬の間延々と続く雪と曇天の日々がまず一つ。これは日本海側の積雪地方特有の気候で、イギリスの冬と似ているという人もいるが有り難いものではなかった。

それから雪はまだいいとして問題は三山だった。信仰の山に分け入ってスキー場をつくることはできない。その不自由さゆえに各企業の大規模な開発プランはたいてい中挫《ちゅうざ》の憂《う》き目《め》を見るのであった。

今やのどかはプランが実現されることなどたいして期待していなかった。東京その他の大都市から自分の会社を訪ねてくる担当者が若い男性で、そこそこ自分好みの相手であればただそれだけでいい。

つまり彼女が期待しているのは、一時のあるいはごく短時間のアヴァンチュールなのであった。多少少女趣味的な恋愛ごっこもまじえた楽しいひととき。セックスがもたらす優しさそのもの、刺激と安堵の親和性とその追求。それこそ仕事一筋に邁進《まいしん》してきた今の自分が最も求めてやまない、人生の癒しなのだとのどかは思う。

これなしでは生きられない。

「わかったわ。あと三十分ほどね。待ってる。今日のキーワードはアマテラスオオミカミよ。知らない？　岩戸の中に隠れる女神の話。とにかくわたしを探して。ヒントはここまで」

ふと思いついた趣向を相手に伝えたのどかはひとまず受話器を置いた。そして応接セットやダイニングがある隣の部屋へと戻った。流行だったイタリア製のレザーには少々飽きがきたと感じつつ、スーツと同じストライプ柄のソファーに腰かける。そしてブランデーをグラスに注《つ》ぎ足してすすりはじめた。

ブランデーとアナスイ、そして何よりのどか自身の体臭。三種の匂いのブレンドが最高にセクシーな芳香に達するためには、まだ温度が足りなかった。そのためにまたブランデー。男を迎える何よりの演出、化粧法。

また電話が鳴った。さっきから十五分ほどたったろうか。時計はすでに腕から外してあった。時計は情事にふさわしくない。

「もしもし」

のどかは受話器を握った。

「もしもし」

繰り返したが返答はなかった。そこで彼女は、

「あなた？　近くなのね。わかった。混線してるの？　何も聞こえない。わたしの声聞こ

える？　もう切るわ」

といって電話を切った。その後一瞬、テーブルの上に放《ほう》り出したままのローレックスで時間を確かめようかと思ったが、実行はしなかった。もうすぐ相手が来るというのに何の意味がある？

その後のどかは、廊下に面している社長室のドアのロックを外して待つことにした。そして再びベッドルームへと向う。

これはさっき予告した趣向だった。今回の首尾いかんだが、たぶんこれからも楽しめるものとして定着するだろう。

そう思いながらのどかはダブルサイズのウォーターベッドの上に横たわって、自分を見つけた相手に説明する言葉を考えていた。例えば、

「こう見えても大学時代は日本神話の研究サークルに入っていたのよ。経済学部出身のがちがちな女じゃないわ。アマテラスオオミカミは乱暴者の弟スサノオから身を隠すために、岩戸の中にこもったといわれている。このスサノオの狼藉《ろうぜき》には高天原《たかまがはら》の女官たちへのレイプ行為も含まれていたようだけど、姉であるアマテラスに対しても同様な行為をしでかしていたんじゃないかしら？　神話わね、どれもとてもエロティック、そして暴力的な反面躍動的。だから好きなの」

などというのはどうだろう？

そして待ち望んでいた通り、いよいよベッドルームのドアがノックされた。

「どうぞ」

わくわくしながらのどかは答えた。だがドアが開けられて立っている相手が目に入ったとたん、

「あなた」

彼女は蒼白《そうはく》になって絶句した。だが怯《おび》えてはならない、なぜ怯える必要がある？ と自分にいい聞かせてふるいたたせた。ベッドから下りて黒枝芳樹と向かい合った。

「ようこそ」

まずは微笑した。次に警報装置のことが頭に閃く。装置のある場所は隣室の窓際の壁だった。はるか遠くである。

「でもどうしてここに？」

相手は無言でしどけない格好ののどかを見つめている。彼は彼女の上から下までを冷たい欲望に満ちた視線でとらえ続けていた。のどかはごくりと動いた相手の咽《のど》の動きを見逃さなかった。

「わかった。あなた、わたしがお気に入りなのね」

それでもまだ芳樹は無言だった。

のどかは酔いが身体に沁《し》みはじめていた。立っているのがやっとのように見える芳樹の痩身《そうしん》と、白いキャップに包まれている痛々しい頭部とを交互に見据えた。こんな他愛《たわい》のない相手を恐れる理由などどこにある？

そこでのどかはパジャマ姿の芳樹を見つめながら、

「あなたわたしに会いたくて病院を抜けてきたのね。ほんとうはずっと前からそうだったんでしょ。高校の時あなた、わたしを無視したわね。わたしは本気だったのに出した手紙の返事をくれなかった。つまりあなた、正直じゃなかったのよ。格好つけてたってわけ。男だったらね。みんなわたしが好きになるの。それが当たり前なのよ。さあ、見せてあげる」

といい、バレエの心得を活《い》かして、突然その場でくるくると回転をはじめた。薄いシルク素材がふわふわと浮き上がって、桜色の肉体美が惜し気もなく披露された。

「女――中根のどか」

見ていた芳樹ははじめて言葉を発した。それを耳にしたのどかはからからと陽気に笑って、

「その通り。男にとって女はあたしだけ。それでいいの。それが世の中で唯一の真実」

といいかけてがらりと形相を変えた。

「女――中根のどか」

「女――中根のどか」

と繰り返しつつ芳樹が飛びかかってきたからだった。そしてその身のこなしは敏捷《びんしょう》で、発揮する力は細い身体から想像もつかないほどの怪力だった。

次の瞬間、のどかは抵抗したが虚《むな》しく、悲鳴さえあげるひまもなく首を絞められ、呼吸

を圧迫されて床にねじ伏せられていた。

十六

日下部は熟睡していた。波立つことのない深い沼の中に沈んでいる。自分の心身が包んでいる闇《やみ》と同化しているように感じられた。暖かく心地よい。

だが、

「起きてちょうだい」

不意に暗やみに沈んでいたはずの意識が呼び戻された。

「事件よ」

気がつくと相沢家の客間のベッドに横たわっていた。海に出て水野の現場検証につきあったせいで、昨晩は十二時前に床についていたのだった。

洋室のドアが叩《たた》かれている。声は水野のものだった。

「わかった」

日下部は答え起き上がってドアを開けた。

「今、所轄の大和田さんから連絡が入ったの。中根のどかさんがオフィスで亡くなった。強姦《ごうかん》殺人。発見者は彼女と会う約束をしていた男性。はじめ知らぬ顔を決め込もうと考えたようだけれど、ひどい有り様でさすがに気が咎《とが》めたんでしょ、通報してきた」

説明した水野はすでに着替えを済ませている。聞きながら日下部も畳《たた》んでベッドサイドに置いてあったジャケットへと手を伸ばした。昨夜は疲れが出て着替えもせずに寝入ってしまっていた。

「じゃあ」

敏速にジャケットを羽織ったところで、日下部の方から声をかけた。見ていた水野は、

「日下部先生も捜査室勤務がなかなか板についてきたじゃないの」

といって苦笑し、さらに、

「今から現場へ急行する。すでに車は呼んである」

ときびきびと続けた。

オフィスで発見された中根のどかの死体は無残なものだった。着ていたものは引き千切られほとんど全裸の状態。もとはセクシーに女体を飾る代物だったはずの、スリップドレスは正体がわからなくなるほど破壊されていた。唯一ひもの部分が首にりぼんの形に結ばれ残されている。身につけているのはそれだけ。

色濃い杏色のルージュが際立っている唇からは唇と同色の布きれが垂れ下っていた。死後発見が早く、まだ死後硬直が起こっていないせいもあるが、両手両足がぐにゃりと不自然に曲がっている。

「死因は扼殺《やくさつ》。りぼんに結ばれているひもは使われていません。犯人はまず被害者の首を絞めて仮死状態に陥らせてからレイプ。終わった後さらに絞めて死に到《いた》らしめたものと推

測されます」

大和田は死因について説明した。それから、

「被害者の苦痛ははかりしれないものがあったはずです。両手両足は四本とも骨折しています。これは犯人の仕業としか考えられない。犯人はレイプの一興として被害者の骨を折っていったのです。その間痛みのために被害者の意識は仮死から甦《よみがえ》り、かなりの想像を絶する激痛を味わいながら、口に詰めこまれた衣服の残骸《ざんがい》のために悲鳴をあげることもできなかった」

とくわしい死の顚末《てんまつ》を伝えた。そして、

「首のりぼんを犯行メッセージと解釈すればこの手の犯人は重度の変質者です」

と犯人像を浮かび上がらせた。

「発見者の方は？」

水野はあたりを見回しながらいった。普通発見者には現場に止《とど》まっていてもらうのが警察の流儀である。

「あそこです」

大和田はストライプ地の革のソファーに座っている男を指さした。長髪を後で束ねているヘアスタイルの男は三十代半ば。やり手そうな精悍《せいかん》で浅黒い顔に端整な目鼻立ちが刻まれていて、いかにも女性にもてそうなタイプだった。

もっとも今はしきりに神経質そうなまばたきを繰り返している。

「東京の著名なホテルに勤務しているそうです」

大和田は彼の身分を説明しながら日下部たちと引き合わせた。挨拶《あいさつ》もそこそこに相手は訴えはじめた。

「ほんとうは見捨てて帰ることもできたんですよ。それをわざわざ通報した。なのに待遇は容疑者扱い。完全な拘束《こうそく》状態。やってられませんよ」

彼は今の処遇が理不尽だといい立てた。すると水野は、

「犯罪に遭遇したら警察に通報する。そしてことの次第を説明する。これには現場検証など警察側の手順もあって、発見者のプライベートな時間をいただくこともあるでしょう。でもこれらは国民の義務なんですよ。だってそうでしょう。犯罪には被害者が付き物で、その人たちは何らかの法律上の権利を脅《おびや》かされているんですから。ましてや今回のは殺人ですしね。たとえ被害者が知り合いであってもなくてもこの原理原則は変わりません。つまりあなただけが警察に特別な好意を示しているわけではない。あなたは当然のことをしたにすぎません」

といい切った。

だが相手は、

「ですがわたしは彼女とは知合ったばかりです。あのまま放置しておくことも可能でした」

水野の言葉など聞こえなかったかのように繰り返した。

そこで大和田は、

「あなたが中根のどかさんの身辺を洗い出しても、自分の存在は見つけられない、もしかしてそう見做しておいでなら考え違いですよ。中根さんが仕事関係で知合った異性、多くは他県の三十代までの男性たちですが、と親密になりやすかったことはすでに証言者が何人もいて明白です。たとえあなたが通報しなかったとしても、いずれ我々はあなたという存在をさがし当てるでしょう。そうなったらあなたにもアリバイの供述が必要になる。どのみちあなたは彼女を発見するまでの顚末を話すことになるんです。ただし今よりもっと不利な条件で。この意味はおわかりですね」

しっかりと釘《くぎ》を刺した。

相手の顔色が変わった。ふてくされた様子がなりをひそめて、

「何度もいっています。誓ってぼくは彼女を殺していません。ほんとうです。ただアリバイについては深夜の運転で運悪く高速も走っていません。だから何時にどこを走っていたという証明はできません。ただ現実には道路の夜間工事にぶつかり迂回《うかい》したので一時間近くかかったのです。途中一度、ここにいる彼女に連絡を入れて三十分ほどで着くといいました。ほんとうです。ほんとうのことなんです。わたしには妻子がいます。一人娘はまだ三歳です。こんなことで会社をくびになりたくない。お願いです」

と今まで無言だった日下部にすがりつくような視線を投げてきた。

「犯人の遺留品はどうなっていますか?」

日下部は大和田に聞いた。

「存在し得る唯一にして最強の遺留品は精液です。これを検出して発見者のものと比較する。これがもっともスピーディーに嫌疑を晴らす方法です。ご協力下さい」

大和田はそういって発見者を見据えた。

「でもそれ、血液型なんでしょ。何かの本で読みましたよ。もし同じ血液型だったら――」

恐怖を感じたらしい相手はさらに青ざめた。

一方大和田は困惑顔になり、

「それには技術者の不足や設備の問題もあって」

などとめずらしく要領の得ない返答でつまりかけると、

「大丈夫。今はDNAのレベルで比較するから。犯人当人でない限り決して一致しない。約束しますよ、わたしが責任をもって警視庁の直属機関に鑑定を頼みます。ただしこれはあくまであなたが犯人でないと仮定しての話です」

と水野が助け船を出した。

「わかりました。協力します。その方がすっきりしますから」

発見者はいい切った。

その後彼は大和田らとともに警察へと向った。正式な事情聴取の調書を作るためである。

空が白み夜が明けはじめていた。

「やれやれここに来てから事故やら事件が連日よ。非番知らず。東京にいるより忙しい。おかげで朝日に縁のある人間になってきたわ、わたし」

水野がため息まじりにいった。

それから日下部と水野は中根のどかの遺体が運ばれていくのを見送ってから、この事件についての話に入った。

まだ二人はのどかのオフィス、犯行現場に立っている。

「ところであれなんだが、あれは犯人の遺留品とはいえないだろうか？」

日下部は屈みこみアイボリーのじゅうたんに目を凝らした。

「何？」

いわれて水野も同じ姿勢を取った。

それはじゅうたんの色にごく近い、砂によく似た細かい粒子の土くれだった。中根のどかの廊下に面したドアからベッドルームへと続いている。

「犯人だわ」

土くれの流れを追っていざっていた水野は飛び上がった。そして、

「まちがいない。犯人は自分の足跡を消そうとしたけど、隠蔽《いんぺい》処置は充分ではなかった。でもなぜ？　どうして犯人はそんなに足跡にこだわるの？」

といい、日下部は、

「個人を特定できる要素があるからだと思う」

といい切った。

一方水野は、

「だとすればこの土ね。土は分析すればほぼ場所の特定ができる」

と確信ありげにいった。


本橋達也がそのメールを携帯で受けたのは前夜のことだった。彼は一泊泊りの出張で関東方面に出かけていたのだ。メールには以下のようにあった。

父がやっとあなたに会ってくれることになりました。場所は明日朝九時ちょうどで行者寺です。よろしくお願いします。　みやこ

それを見たとたん達也はすぐにも宿泊先を発《た》とうかと考えた。だが遅すぎた。得意先相手の宴会は長引き、二次会のカラオケが終わったのは一時近くだった。すでに終電はとっくに出てしまっている。

彼は諦《あきら》め始発に間にあうように目覚まし時計をセットした。

みやこというのは松田美也子のことである。本橋達也はこの美也子の父に今度こそは自分たちの結婚を承諾させるつもりだった。もっとも玉藻寺の住職相手に最初に喧嘩《けんか》を売ったのは達也の方であった。

理由は美也子との関係が発覚した時、その父親にみそくそにいわれたからである。住職の生きがいは美也子につがせる玉藻寺であり、そのためには本橋達也などは邪魔者以外の何者でもなかった。

本橋建設の総領息子として育ってきた達也にとってこれほどの屈辱はなかった。まさしくプライドがずたずたに引き裂かれたとはこのことだった。

それゆえ達也は美也子が家出をした時も同棲《どうせい》しようとはしなかった。とにもかくにも恨み骨髄《こつずい》で癪《しやく》だったからである。つまらない男の意地、そういう類《たぐ》いのものであったかもしれない。

そのために達也は結構遊んだ。だが美也子を忘れることはできなかった。勝手な男の論理にはちがいないが、彼は中根のどかのような男まさりで奔放《ほんぽう》なタイプの女性は大嫌いだった。誰もが魅了されるという、ふるいつきたくなるような肉体など、金でいくらでも買えると見切っていた。

つまり達也には美也子が必要なのだった。たしかに美也子はのどかのようにグラマラスでもなければ、お姫さまの遥奈のように優美な女性らしさを備えてはいない。

だが美也子は理知的な貞淑さの権化のような存在だった。理知的な女性というのはえてして冷たさ、我の強さが気になるものだ。また貞淑な女性の欠点は依存的なことである。

一見両者は相容れない要素であるかのようだ。しかし美也子の中ではそれが見事に融和しているのだ。その証拠に女実業家にはとうてい見えない、主婦のような雰囲気を漂わせながら農場レストランを成功させている。

そんな美也子を達也は愛していた。その思いは激しいというよりも粘着的で、美也子なしでおくるこれからの人生を考えると寒気がしてくるほどだった。

一方美也子の方も同様で二人は何とかして住職を説得し、生まれ育った土地の人々に自分たちの仲を認知してほしいと考えていたのだ。

翌朝達也は目ざましに起こされ、やっとあたりが白んできた時間には宿を出て駅へと向っていた。ハイヤーから下りて始発電車に乗り込むと、置かれているこの事態について思うところがあった。

とにかくこれは自分たちにとってまたとないチャンスだと彼は思う。美也子と住職が親子である以上、奇異な成り行きだとも思わなかった。親子の情というものに理屈などありはしないだろうから。

それでもまだ何らかの理由づけを必要とするなら、それは美也子の成功だろう。もはや住職は娘が事業に失敗し、尾羽打ち枯らして戻ってくるとは考えにくくなったのだろう。父親はやっと諦めたのだ。

本橋達也はめずらしく多少ではあったが、美也子の父が気の毒になった。娘を奪われた父親の傷心に悲哀を感じた。

その時ふと病院の黒枝芳樹の提案を思い出した。美也子の父が玉藻寺の将来が心配で仕方ないなら、美也子にめんじてあれを、製塩業を玉藻寺とだけなら分かち合ってもいい。

だが最上会全体の仕事にするのは問題だった。こちらに入る利益が激減してしまう。といって自分のところと玉藻寺だけが結べば、万事おっとり型の遥奈の相沢家は問題ないとしても、黒枝芳樹やがめつい中根のどかは黙ってなどいないだろう。

いや、そうではない、芳樹が婿に入れば相沢家とて強敵に転じる。遥奈はとにかく芳樹に首ったけなのだから。

そこで達也はその思考を停止した。今ここでいくら考えても埒《らち》があくものではないと気がついたからだった。

故郷の駅に帰り着いた彼は駅前からタクシーに乗った。

「行者寺へ」

行き先を告げながらわずかではあるが、違和感を覚えた。よりによって妙な場所を選んだものだと思ったからだ。

だがすぐに勝手に了解した。住職はひたすら人目につきたくないのだ。美也子と達也、そして玉藻寺の住職をめぐる諍《いさか》いはすでに誰の耳にも親しんでいる。この土地の人間の好奇の的といっていい。

しかも住職は祈禱《きとう》をはじめとする寺の威光とともに生きてきた。そしてこれは面子《メンツ》主義に結びつく。

一度許さないといった二人の仲や結婚を許すにしても、しかるべき大義名分が必要なはずだった。それについて彼はこの後の、達也との話し合いの成り行きで考えるつもりでいるのだろう。だから今は誰にも知られたくない――。そしてあの幽霊寺ともいわれている行者寺ならうってつけだった。

タクシーは行者寺めざして急な坂道をのぼっていく。達也は朽ちかけた山門の前でタクシーから下りた。山門をくぐり粗末な本堂へ向って歩きだした。

境内《けいだい》には朝日がまばゆく注いでいる。ここの特徴は山百合《やまゆり》がところせましと密集していることだった。野性の山百合の草丈は人間の背丈ほどもあり、一本の茎に三つ以上花冠がついて揺れている。

きわめて清浄な雰囲気だといいたいところだがそうではなかった。何かここには昼間の明るさの中にも、沈みこむような暗欝感《あんうつかん》が潜んでいる。百合の花にしても流れている風とは無関係に揺れ続けているように見える。

夜訪れたことはまだなかったが、子供の時だけではなく成人した今でも、夜間にここへ来いといわれたら怖《お》じけをふるうだろう。いや、昼間だってこんなことでもなければ決して訪れることはないだろう。

とにかく勘弁してほしい場所だった。今後もう二度と来たくない。それにしてもどうして来てしまったのだろう。そう感じる達也は一瞬ではあったが目的を忘れた。それほどこの地は不気味だった。達也はぞっとするものを感じつつ足を進めた。

とうとう本堂の前まで来た。もとより行者寺にあるのは本堂だけである。仏像の類いはただの一体もなく、従ってここには観音堂のようなものは存在しない。

もちろん通りすぎてきた境内にも石像その他の姿は皆無である。あるのは深く掘られた、即身仏志願者たちが潜んだという、いくつかの石室だといわれていた。ただしその箇所はいつの頃かに土をかけられて埋められてしまっていて、限定はできなかった。

「ご住職」

達也はまずそう呼んだ。返答はない。それで、

「松田さん、お父さん、本橋達也です。お待たせしたかもしれません。遅れてすみません」

と大声をあげつつ腕時計に目を落とした。午前九時十五分。遅れたことは遅れたが、相手を激怒させて帰らせる時間とは思えなかった。

だがやはり返事はなかった。もしかして本堂の中にいるということは考えられないだろうか？　もちろん達也本人ならまっぴらの場所だった。

しかし住職は一応祈禱も手がける僧侶《そうりょ》である。この手の不気味さは意に介さないのかもしれない。達也は勇気をふるい起こそうとした。

それにはやはり電車の中で思ったように、何か愉快なことを考えなければと、必死に自分を励ます。すると不意に美也子の婿にと住職が目にかけていた青年僧の顔が頭に浮かんだ。

どしんとした白い餅《もち》のような大きな顔に丸い眼鏡。しかし勝ったのは自分なのだ。自分はこれで勝つはずだと思った。それには未来の義父になる住職との人間関係を回復させな

ければ――。

達也は急に元気が出てきた。あの小賢《こざか》しい男はいつか必ず自分の手であの寺から追放しなければ。そう思うとますます彼は勢いづいた。

本堂へ上がるために石段を数段踏み越え、観音開きになっている扉に手をかけた。思った通り鍵《かぎ》はかかっていなかった。

達也はまず、だだっ広い倉庫のような本堂の冷たい床を踏んだ。かび臭い薄暗い空間に向って、

「松田さん、お父さん」

と声をかけかけて凍りついた。

住職の巨体が床に倒れているのを確認できたからだった。住職は祈禱を終えてすぐ直行してきたものと見え、白い僧衣姿である。そのそばには倒れたはずみに糸が切れたと思われる、大粒の水晶の玉が散らばっていた。

達也は恐怖で足がすくむのをこらえつつ、倒れている、死んでいるかもしれない住職の身体に屈《かが》みこんだ。

剃髪《ていはつ》されている剝出《むきだ》しの頭部の傷が目に入った。赤い果肉のようにぱっくりと開いた傷口から血が吹き出している。血は僧衣に滴《したた》り、床にこぼれ落ちていた。

それを見た彼が思わずたじろいで後ずさるのと、彼自身の後頭部に鈍い、しかし致命的な一撃が振り降ろされたのとは、ほとんど同時だった。

十七

松田美也子が経営する農場レストランは、やはり彼女の持ち物であるささやかなハーブガーデンに隣接している。それ以外の周囲はぐるりと緑色の穂の波、見渡す限りの水田に取り囲まれていた。

水田というかにも日本的な田園風景の中にぽつんと農場レストラン〝グリーンヴィレッジ〟は建っていた。この手の物ではめずらしくもないが、風車の飾りのついた赤いとんがり帽子のような屋根がトレードマークである。

午前九時ちょうど。美也子は朝露がきらめいているガーデンにいた。彼女はバジルの葉を摘む手を止めて、腕の時計に視線を落とした。そろそろ父と達也がまみえている頃だと思う。

黒枝芳樹から電話をもらったのは昨夜遅くのことだった。意外な相手からの連絡に戸惑って、

「もうすっかりよろしいの?」

などという言葉で対応した美也子に、

「実は君のお父さん、ご住職から相談を受けてね。ほら、ご住職は以前腸捻転《ちょうねんてん》で入院されたろう、その時ぼくが担当した。その縁もあってじきじきに見舞いに来られたのだ。ご住

職の話では君と達也君の結婚を許すチャンスが欲しいという。つまり硬直した現在の人間関係を修復したいわけだよ。もちろんご住職は婿養子をとって君に寺を継がせる計画は断念している。本橋家に嫁に出す気だ」

と電話の芳樹はいった。

「それは願ってもない解決法だわ」

聞いた美也子は思わず歓声をあげかけた。

父と達也との確執には正直うんざりしていたところだったからだ。といって狭く濃密な人間関係が幅を利かせている土地柄である。父の承諾なく達也と住んだり結婚届けを出すわけにはいかなかった。そんなことをしたら、たぶんてきめんに農場レストランの経営にまで類が及ぶ。

「それでは君から達也君に日時の指定をしてほしい。今からいうよ」

最後に芳樹は、

「ただ君のお父さんも達也君もすぐにかっとなりやすい性格だから心配は残る。円満に話が続けられるかどうか」

と案じる言葉を口にした。

「それならわたしが時間をずらしてそこへ行くわ。何分ぐらい後がいいかしら?」

「四十分」

「そうする」

そんなわけで美也子は朝の一仕事が終わったら行者寺へと出向く予定でいた。美也子はため息をついて身仕度をはじめた。もっとも身なりに頓着《とんちゃく》しない彼女のことだから、かけていたエプロンを外し髪に手ぐしをかけただけだったが。

テーブルの上から車のキーをとりあげかけて、時間を確認し、まだ十分ほどは余裕のあることに気がつく。

レストランの周辺にある畦《あぜ》にはミント系のハーブが茂っている。ちょうど白いスペアミントの花が咲きはじめたところだった。あと葉とたがいちがいにピンクのぼんぼりのような花がつくペニーローヤルミント。

美也子はこれらの花を客席に活《い》けて行こうと決めて花鋏《はなばさみ》を取り出す。ミントの花はどれも小さく地味でラベンダーやバラほどにはもてはやされない。また花がつくと葉の香りが薄くなる性質もあって、花が愛《め》でられることはほとんどなかった。

だが美也子は好きだった。香りを葉に譲っている奥床しさが好きなのだ。それと何やら自分にミントの花を重ねていた。目立ちはしないがひっそりと自己を主張する。やりはじめたことは成就するまで決して諦《あきら》めない。粘り強く取り組む。

そしてそんな自分を認めてくれる人もいる。達也はバラの大輪にも等しいのどかのような女性ではなく、ラベンダーのように清楚《せいそ》で涼やかな遥奈《はるな》でもなく、ミントの花のような自分を選んだ。

その事実を誇らしいと美也子は感じていた。だがそれ以上にその事実を逃げてしまわないように、しっかり抱き留めていなければならない。そう決意していた。

現在美也子は達也と不定期な逢瀬《おうせ》だけでつながっている。達也は意外に浮気者ではなく、のどかが日頃唾棄《だき》しているようには不実な男ではなかった。

だが御曹司《おんぞうし》の例に洩《も》れずプライドは高かった。父が折れずにこのままゆけば、いずれ達也はある種のプライドから美也子のもとを去っていく可能性がないとはいえない。

美也子は短く刈り込んだ白とピンクの可憐《かれん》な花々を、ミニチュアサイズのクリスタルの花瓶に活けると各テーブルに飾った。それから改めてキーを取り上げた。

行者寺へ向う美也子の心は晴れてはいたが、同時にがんじがらめの緊張に囚《とら》われていた。そのためか、彼女もかつては感じたであろう、行者寺というところへの不気味さは全く意識しなかった。


相沢庸介と遥奈はまだ就寝中で、片桐一人は昨夜は病院の方に泊まると連絡があった。日下部《くさかべ》と水野の二人は深夜に出掛けていったきり、まだ帰ってきていない。

西秀子は着替えていた。この地に現われた時と同じ白装束に袖を通している。

行かなければならない。

彼女はまた夢を見た。

出てくるのはやはりあの若い男だった。ここへ向うバスの途中、座席でうたた寝した時に見た夢に出てきた、事故に遭った青年つまり黒枝芳樹である。

ほの暗い空間に大きな図体の男が血を流して倒れている。すると突然光が入った。もう一人、まだ生きている男が現われる。こちらは見覚えのある顔だった。

そこへまたあの白い樹脂の頭部が出現した。パジャマ姿の黒枝芳樹が右手に握っている凶器の石つぶてを、生きている男の頭上に振りかぶっている。やがて振り降ろす。男は前にのめりこみかけて、一瞬もちこたえ、芳樹を振り返りながら倒れた。鮮血が周囲に飛び散った。芳樹は血にまみれた白い顔でにっと笑った。

装束に身を固めた西秀子は杖《つえ》を手にした。相沢邸の勝手口から出て行者寺へと向った。車の運転はできなかったので、相沢家の駐車場に置き捨てられていた自転車を使った。なぜか最後に見た夢の暗がりは行者寺だとわかっていたのだ。

杖を後に括《くく》り付けてサドルに腰を落としベダルを踏んで加速していく。自分でも驚くほどの速さだった。

行者寺へと続く急な斜面の前まで来た。その時閃《ひらめ》くように以下の光景が頭をかすめた。やはりあの暗がりでの出来事なのだ。例によって湿った空間が一筋の光に見舞われる。

「お父さん？　達也さん？」

女性の声だった。目が慣れると彼女もまたあの病院での席にいた女性だとわかった。チロル風の刺繡《ししゆう》が施された独特のワンピース。

黒枝芳樹はその女性の背後に回っていた。いきなり両手でいかにも華奢《きやしや》な首を絞めあげる。目を剝《む》いたまま彼女はほとんど抵抗できずに床にくずおれていく。

その身体をぐいと持ち上げた芳樹は抱《かか》えて梁《はり》によじのぼった。目のさめるような敏捷《びんしょう》さである。そして輪に作ったロープを取り出して彼女の首にかける。それから微笑《ほほえ》みながらゆっくりとロープを離した。

そこで秀子は悲鳴をあげた。一瞬頭の中の画像が途切れた。だが再び蘇《よみがえ》って、今度は本堂の裏手の断崖を下りていく芳樹の姿が見えた。脱兎《だっと》のようだった。やはり人間離れしている。

自転車を下りた秀子は坂道をのぼりはじめた。直前に見たあの惨事、あれが自分に阻止できなかったということは、自分はいったい何の意味があってここに招かれているのか？

自分を招いている存在とは何なのか？　次々に疑問が頭をもたげるさ中、彼女に唯一わかっているのは次のことだけだった。

もうすぐ自分同様招かれた相手がやってくる——。

片桐一人は病院の応接室の窓から日の出を見た。地平線から顔を出したばかりの太陽は赤々と燃えていて命そのもののように見えた。ふとかつてこんなに光に恋い焦がれたことはあったろうかと思う。

闇《やみ》に閉ざされていた何時間かを呪《のろ》う気持ちにさえなっていた。なぜかというと闇の時間が悠久のもののように感じられていたからだ。

片桐の童顔はそのままだが左右の鬢《びん》の髪は残らず白く変わっていた。一夜にしてである。

彼は今順風満帆《じゅんぷうまんぱん》だった学者人生で味わったたったことのない疲労感と、それを凌《しの》ぐ挫折《ざせつ》感に打ちひしがれていた。

発端は飛び込んできた遥奈だった。彼女とは相沢家から自家用車で病院の玄関口まで一緒だった。その後遥奈は芳樹に付き添うために彼の病室へ、片桐はにわかオフィスの応接室へと別れていた。

ノックもせずに入ってきた遥奈は青ざめきった顔の頬《ほお》に涙を流していた。それは今までの咄嗟《とっさ》の感情によるものではなく、大きなショックから派生したかのように見える絶望感そのものだった。

「わたしはもう芳樹さんに付き添うことはできません」

遥奈はいい切り、この娘の日頃の言動からは想像できない赤裸々な打ち明け話をした。

「彼がわたしを少しも必要としていない。それがわかったからです。これは恋人同士だった片割れの直感です。あるいは女の直感と思ってくれてもかまいません。あの人は決して以前のようには戻らないんです。そうなんでしょ、先生?」

それから遥奈は黒枝芳樹が本橋達也に宣言した製塩業の共同事業化、死に瀕《ひん》した患者に冷淡きわまりなかったこと、はたまた塩を使った民間療法に精通していることについても話した。

「最上《もがみ》会のメンバーたちも以前の芳樹さんじゃない。みんなそういってました。ただしわたしはそう思いたくなかった。でもたった今、それが本当だと悟ったんです。先生は真実を隠していらっしゃる。それにはきっと父も関与している。今あそこにいる芳樹さんはいったい何者なんです？」

遥奈はそういって片桐を見据《みす》えた。だが片桐が沈黙を続けているとそれ以上は追及せず、静かに部屋を出て行った。

遥奈の報告の一部は片桐に衝撃を与えた。芳樹が遥奈に性欲を感じなかったらしいこと、遥奈には残酷だがこれは片桐の予想を裏切るものではなかった。はじめのうちはたぶんそんなところだろうと思っていたからだ。

それから患者に対する反応も予期していたものだった。だがそれも戸惑いそのもので、いずれ的確な判断力が培《つちか》われるはずなのだ。

それに若いうちはいいが、医師がすべての患者の感情や人生を忖度《そんたく》するようでは身体が持たない。以前の芳樹は患者思いがすぎた。また身を挺《てい》しての弟の死の解明など熱血すぎる部分がありすぎた。

これは実は心配の種だと手術に立ち合った未来の舅《しゅうと》の院長は嘆息していた。それもあって片桐はある決断をしたのだ。これからの黒枝芳樹はやや冷徹であっていい――。

一方片桐を驚愕《きょうがく》させたのは製塩業などの塩の知識だった。その手のことを彼の脳はいったいどの部分にインプットさせていたのだろう。

医師はしらみつぶしに芳樹に関するデーターを洗いはじめた。それは膨大な量に及んだが、思った通り塩についての項目は欠落していた。どこにも組みこまれていなかった。

その後彼は翌日の予定だった芳樹の検査を繰り上げた。いてもたってもいられなかったからだ。片桐は看護婦には告げずに台車を工面してくると、自ら応接室の中の医療器械を芳樹の病室まで運んだ。

医師が自分の研究室から持ってきたのは、特殊なCTスキャンだった。もちろん開発者は片桐自身で世界に二台と同じものは存在し得ない。

片桐はまず芳樹を催眠剤で眠らせてからその器械を使った。芳樹に課せられる検査の一部は痛みが伴うはずだったからだ。

ここで片桐は死ぬほど驚愕した。

心臓、肺、胃、腸、肝臓、身体中をめぐっている血管。これらのものに異常はまったく認められなかった。

だがどうだろう。

芳樹の脳の周囲には約五ミリほどの厚みの皮膜ができていた。それは一見白く乾いていて骨と見間違う。だが熟練した脳外科医なら誰でも見逃すはずのない異物だった。

片桐はすでに検査結果の出ている芳樹の血液検査の結果を目で追った。絶対ではないが血液は身体の異常をはかるバロメーターになりやすい。

芳樹の血液中のナトリウムの値はゼロに近かった。思わず医師は、

「まさか」

と叫んだ。

そして再び食い入るように脳のまわりの白い皮膜を見つめた。

「まさか」

彼はもう一度叫んだ。そして、

「これが塩だというのか？　塩のこびりついた脳と、塩なしの血液でこの生体はなぜ生きていられる？」

と続けた。

この現実を片桐が受け入れるのには時間がかかった。彼はそれからしばらく茫然自失《ぼうぜんじしつ》して目の前の器械、規則正しい脳波計と心電図のモニターに見入っていた。

異変はその時起きた。

自動制御で行なわれている検査は芳樹の下腹部に及んでいた。醒《さ》めている状態では痛みを伴うことが危惧《きぐ》されるのは、睾丸《こうがん》などの男性性器の検査であった。

「この恨み末代まで祟《たた》ろうぞ」

不意に芳樹が閉じていた目を開いた。その瞬間、片桐には芳樹が目にしている人物が見えた。

餓《が》死《し》しかかっている髭面《ひげづら》の若い男。怨念《おんねん》をこめた暗く鋭い憎しみの視線。それはここへ向かうと決めた日にはじめて京都の研究室で目にした顔だった。そして芳樹の手術後、発作の理由を探ろうとして脳波を見ていた時、突然見舞われた幻影でもあった。

さらに芳樹はつぶやき続けた。

「行者寺へ行け」

「女――中根のどか」

片桐は咄嗟《とっさ》に芳樹の下腹部に視線を走らせた。ペニスが勃起《ぼっき》している。その状態で芳樹はさらに繰り返した。

「この恨み末代まで祟ろうぞ」

「行者寺へ行け」

「女――中根のどか」

医師の視線は芳樹の顔に移っていた。目からおびただしい涙が流れ落ちている。泣くはずのない芳樹が泣いているのだ。芳樹がなぜこのような感情を持つようになったのかも謎《なぞ》だった。

だが事実なのだ。芳樹は片桐も見覚えのある、死にかけている野人のような男のために泣いているのだった。

芳樹の部屋を出た片桐は応接室へ帰ると、鍵《かぎ》をかけて閉じこもった。決断を迫られていた。もちろんこれは誰にも相談できることではない。そして片桐がここへ来る時にもっとも起こってほしくないと念じた、辛《つら》い決断だった。

だが彼は決断した。あってほしくないことだが、もしやという時のために彼はモルヒネと注射器を携えてきていた。それらをポケットに忍ばせて芳樹の病室へと向かった。

午後十時十五分。

病院にはほとんど人気がなかった。

芳樹の病室がある階でエレベーターを下りた片桐は歩き始めて、向こうからやってくる人影に気がついた。

パジャマ姿の芳樹だった。芳樹が歩いてくる。片桐はモルヒネの入ったポケットに手をやった。相手をとり押さえて決断を実行しなければ――。

しかし彼は佇《たたず》んだまま動けなかった。相手の抵抗を恐れたからではなかった。心の奥底で何かが弾《はじ》け飛んで、行かせてやるべきだというささやきが洩れてきたからだ。

片桐はきびすを返して芳樹と並んでエレベーターまで歩き、乗り込んで一階の非常口まで見送った。その間まったく言葉は交わされなかった。そして片桐は不思議な連帯感だけを感じ続けた。

そして今、午前十時少し前。行かなければと彼は思った。身仕度をしてタクシーを呼んだ。何かに招かれている、そう強く確信していた。だがその相手が芳樹だとは思えなかった。もっと別のもっとなつかしい、自分の中の先祖の血が伝えてきた同胞とでもいうべき相手――。

「行者寺へ行け。行者寺へ」

その相手は優しくささやき続けている。

タクシーが行者寺へと続く坂道にさしかかる。白装束の西秀子の姿があった。気がついた秀子が立ち止まった。

片桐は運転手に言って秀子のいる場所で止まってもらい、料金を払って車を下りると自分も歩きはじめた。

「いらっしゃるとわかっていました。お待ちしていたのです」

そういって秀子は微笑んだ。

十八

水野は中根のどかの部屋のじゅうたんの上に残された土が気になると主張した。例によって強引な彼女は一度引き上げた鑑識を呼び戻した。気をきかした大和田は地元の大学の農学部に勤務する専門家に召集をかけた。

そんなわけで土の成分は意外に早く分析が完了した。午前十一時五分。

「残念ながらこれだけではどこという特定はできないそうです。もっともこのあたり近辺にいくらでもある土であることはたしかですが」

戻ってきた大和田は残念そうにいった。

「早い話、舗装されていない道路の土だともいえるわけね?」

「まあ、そういうことです」

「問題はどうしてそんな土が足についたかということだよ」

黙っていた日下部が割り込んだ。

「当然靴についていたんでしょう」

と水野。

「ただし靴の跡は一つも発見できませんでした。土が乾いていたこと、踏みしめた場所がじゅうたんの上だったこと、さらに犯人が完璧《かんぺき》に消していったこと。この三つの理由によるものです」

と大和田。

「犯人が裸足《はだし》だったとは考えられませんか？」

思いきって日下部はいった。

「可能性はあります。ただどうして裸足である必要があるのか、わかりかねますね」

首をかしげた大和田は部下の一人が差し出してきたメモを一読して、

「ちょっと失礼、この話を一時中断させてください。実はたった今、第一発見者の容疑が晴れました。発見者の血液型はB型でした。一方被害者の体内に残されていたものはA型でした。これはDNA鑑定を戦わずしての発見者の勝利です」

と報告した。それから、

「黒枝代議士の事件の方ですが」

といって日下部と水野の顔を交互に見つめた後、

「われわれの目もまんざら節穴《ふしあな》というわけではありませんからね。愛憎という不可解な理由が原点にあるならば、日頃から不仲だった息子が父親を殺害する可能性はあります。とはいえ病院と代議士の家はかなり離れています。芳樹さんが犯人だとして、代議士一行が病院を出た後彼が追跡し得たとは考えられないのです」

「車でなら可能のはずよ。彼は地元の人だもの、勝手知ったる抜け道などいくらでも熟知しているはず」

水野は反論した。

「芳樹さんの車はすでに事故の時大がかりな破損状態に陥っています。現在物証として警察内に収容中。念のためあの夜病院の駐車場にあった車をすべてチェックしました。持ち主たちはしっかり鍵をかけた上、窓ガラス一つ割られていなかったと証言しています。これで盗難の事実はなかったと見做《みな》していいでしょう。また当日付近で車が盗まれたという話も聞きません」

大和田は淡々と事実関係を述べた。

「それでもなお芳樹さんが犯人であるためには手段は徒歩ということになりますね」

日下部はつぶやいた。

「黒枝芳樹が歩ける状態であったかどうかは、担当医師の片桐先生に聞きました。回復は早く歩こうと思えばできただろうと。走ることも無理ではなかろうということでした」

そこで再び大和田は頭をかしげた。そして、

「聞いた時早すぎる回復のような気もしたのですが事実のようです。ただし走れたと仮定して、追跡して殺人をしでかすためには車並みのスピードが必要ですよ。それこそ陸上競

技の短距離選手のピッチでマラソンを続けるような――。こんな神業は並みの人間では無理でしょう」

　といい添えた。

「学生時代、芳樹君は何かスポーツを？」

　念のため日下部は聞いた。

「高校の頃水泳部に所属しています。国体などの大会に出るほどではなかったようです。つまり並みの運動神経の持ち主ですよ」

　大和田は答え、その話に一区切りついたところで、日下部の携帯が鳴った。電話に出た彼は、

「わかりました」

　といって切った後、

「西秀子さんからです。片桐医師と二人、今行者寺におられる。また事件です。今度の発見者はこのお二人のようです。本橋達也君、松田美也子さん、そして美也子さんの父親の玉藻寺のご住職、この三人が寺の本堂で殺されているそうです」

　といった。さすがにその声は震え、顔は青ざめていた。

　それから即座に日下部と水野は大和田たちとともに行者寺に直行した。西秀子と片桐は本堂へと続く石段の上に並んで立っていた。

また寺の山門の前には新型のカローラが駐車されていて、運転席の前のミラーにはラベンダーの花穂を一茎くわえたマスコット人形が揺れていた。それで車は松田美也子が乗ってきたものだとわかった。

ほどなく鑑識の車が三台行者寺に横づけになった。本堂の内部にはライトが配置された。白日のもとにさらされて徹底的な現場検証が開始された。シャッターを切るせわしない音がひっきりなしに続く。まるで恐怖映画の撮影現場のようだったが、決定的に違うのはここに存在する死が現実のものであるという点だった。

もはや生命とは無縁の冷たい肉塊でしかない、血まみれの住職と達也の肉体。一方無理やり窒息させられた美也子の死は壮絶な苦悶《くもん》だけを残している。

日下部は水野とともに警察が行なうその作業を傍観《ぼうかん》した。鑑識のスタッフたちは単調な作業を粘り強くこなし続けている。それは永遠に繰り返されるものであるかのようだった。

大和田は、

「玉藻寺の住職と本橋達也は犬猿の仲です。今や地元では黒枝父子の確執を上回るほどホットな噂話《うわさばなし》になっています。理由はご存じでしょう？　寺の後継ぎ娘である美也子さんに達也がちょっかいを出したからですよ。われわれはまず二人が口論の末、殺しあったのではないという確証を物証の形で得なければなりません。それから縊《い》死している美也子さんが、自殺ではあり得ないと断定するためにも、やはり物証が必要です。この形の三つ巴《どもえ》は一見、逆上して相討ちあった父親と恋人の姿を目にした美也子さんが絶望、自ら梁にぶらさがったと見えるからですよ」

　と説明してくれた。

「あれを何だと思います?」

　日下部はいってライトの照射が及んでいないコーナーへと歩いた。入ってきた時から床板が一枚ずれていることに気がついていたのだ。水野がその後へ続いた。

　しかしその部分は住職や達也の死体がある場所とはほど遠い、少なくとも指揮を取っている大和田の死角に位置していた。

「ほう。何です?」

　大和田は日下部がながめ下ろしているコーナーへと近づいた。そして三人は床のはめ板からのぞいている灰白色の物質を目にすることになった。

「たぶん」

　いいながら日下部は屈《かが》みこみ、こぼれだしているそれを指ですくって舐《な》めた。そして、

「まちがいありません。塩ですね。真っ白でないのは昔の製法による自然塩だからでしょう。ぼくの推理によればこの寺の床下は塩の貯蔵庫になっていたはずです」

　といい切った。

「しかし何のために?」

　そこで日下部はこの寺が江戸時代のある時期、近郊のニーズに対応可能のミイラ工房であったのではないかという、例の推理を話して聞かせた。

「以前玉藻寺のご住職は即身仏の話をされた際、飢餓死した死体は海水をかけて、塩分をしみ込ませて乾かしたとおっしゃっていました。だがそれはあくまで海と塩を崇《あが》める、あるいはそれらに手助けを乞《こ》う、清めの儀式だったにすぎないと思うんです。現実はとてもそれだけの工程ではミイラには仕上がらなかった。この通り日本は高温多湿の気候ですからね。ほとんど塩漬け状態で放置する必要があったはずです。内臓処理が行なわれない前には、きっとおびただしい量の塩が使われたと思われます。それが行なわれるようになってからも、やはり塩は防腐処置のための必需品だったのではないでしょうか？」

そこまで一気に話して日下部は沈黙した。

「大変興味深いお話とは思いますが」

大和田署長の困惑気味の表情に気がついたからだった。その通り、この事実と今ここで起きた事件とは何も関係がありそうになかった。

「でもないかもしれないわよ」

水野はいい一人すたすたと本堂の外へ歩いて出た。

「ちょっと来てみて」

日下部は呼ばれた。大和田が続く。

水野が案内してくれたのは本堂の裏手だった。近づくと黒い塊が壊れて噴煙のように土の上から飛び立つ。塊は獲物《えもの》を嗅《か》ぎつけて集まってきた蠅《はえ》たちだった。

蠅たちが撤去した後の草むらには、ばりっと二つ折りにされた犬の死体が転がっている。

成犬のゴールデンリトリバーだった。

一部毛はついたままだが半身は皮が剝《は》がれて赤剝《あかむ》けになっている。そしてその部分を仇《かた》きとばかりに、灰白色の多量の塩が叩きつけられるように振りまかれていた。

水野は素早くビニールの手袋をバッグから出してはめピンセットを使った。彼女の指先は塩をかきわけて進む。

リトリバーの大きな図体から食《は》み出している内臓が次々に探り当てられていく。日下部たちの眼前に食い千切られた小腸や肝臓が姿をあらわしはじめた。

「これでも現場が長いせいで虫の動きには敏感なのよ」

と水野はいった。

一方こうした様子を遠巻きに見守っていた片桐一人は、つかつかと犬のそばに立っている大和田に近づくと、

「正直に申しましょう。この殺されている犬は見たことがあります。この寺の山門をくぐったとたんはっきりと見えたのです」

といった。

また後から大和田のあとに歩いてきた秀子は、

「わたしには本堂で殺されている三人の方が見えました。もちろん扉を開けない前にです」

ときっぱりいい切った。

犬の死体は三体の人間のものと一緒に運ばれていった。西秀子と片桐一人は日下部や水野とともに警察へと向かった。

事件を聞いた相沢庸介は大和田に電話をかけてきて、

「黒枝、松田、中根、本橋と犠牲者が出ている。すべて最上会のメンバーや家族だ。正直なところ次は家の番かと気にかかる。自宅と病院の両方に厳重な警備をお願いしたい」

と固い口調でいい、大和田は了解した。

早速何人かの警察官が相沢邸と病院に派遣されることになった。

一方警察の会議室にはすでに日下部たちの他に西秀子と片桐一人が待機している。入ってきた大和田はまず一礼して、

「先ほど相沢病院から連絡が入っていました。黒枝芳樹が病室からいなくなりました。姿が見えないのに気がついたのは朝の見回りに訪れた担当のナースです。朝の六時との報告でした。これもあって現状態は緊急事態です。本来は第一発見者である西さん、片桐さんの事情聴取を型通り行なうのが普通ですが、急遽《きゅうきょ》この事件に限り、ここにいらっしゃる方々全員に、額を寄せあっていただきたいと思います」

といって四人の顔をぐるりと見回した。並んで座っている秀子と片桐のところで視線を止めると、

「これも従来とは異なり、わたしは第一発見者のお二人を露ほども疑っておりません」

と念を押すようにいった。

「どうしてです？　現物を見ていないのに見えたといった証言をお疑いではないのですか？　犯人しか知らないことを我々が知っているということになれば、自ずと犯人は我々だということになる。ちがいますか？」

片桐は苦笑しかけながら明晰《めいせき》に反論した。

指摘された大和田は一瞬言葉に詰まった。そこで日下部は二人の方を見つめて、

「署長がおっしゃりたいのはお二人に全く動機が見当らないことだと思います。ただ現代の犯罪には動機なきものも多数ありますからね。ただそれだけで犯人ではないとは断定できません。しかし逆にあなた方が犯人でないと仮定した場合、見えてくる要素があります。この事件は超常的な現象が色濃いのではないかということです。お二人にお聞きしたいことがあります。今まであなた方はどんなものを夢、または白昼夢といわれる幻想、幻視の形でごらんになっておられましたか？　西さんが見たという事故の夢のことは聞いていますす。おそらくあれだけではないはずです」

と質問した。

西秀子はうなずいてバスの中の夢を皮切りにはじまった一連の夢、または幻想について語った。片桐一人はまず研究室の壁の話を持ち出した。

「それから気になっていることがあるんです。この地方特有の精進《しょうじん》料理の作り方や名前を知っていたことです。しかもその時片桐先生も同じはずだと思いました。だからとても喜

ばれると。今思い返すとあれは不思議な感覚でした」

秀子はいい、

「ほんとうですね。わたしもあの時彼女がお弁当を届けてくれた夕方、少しも意外ではなかった。なつかしい故郷が届けられたような気がしました。また届けられることも前もってわかっていたような気がします。考えてみればわたしのような朴念仁《ぼくねんじん》が、風流じみた精進料理の名前を知っているなどおかしな話ですよ」

と片桐も同調した。すると水野は秀子の方を向いて、

「西さん、鮭《さけ》をさばいた時の見事な包丁の使い方も尋常《じんじょう》ではなかったわ。外科医のようにシャープな包丁さばきだった。あれは相当の熟練からくるもののはず。お母さんの見様見《み》真似《まね》ではああはできない」

と指摘した。

「この手の感覚や夢、幻想はここへ来てはじまった？　以前にこうした能力が発揮されたことは？」

さらに日下部は質問を続けた。片桐は壁の一件以来だといい、秀子はバスの夢以前に見た夢、群生する白い百合《ゆり》について触れて、

「行者寺に行ってあなるほどと思いました。メドゥサの首のように見える、多数の花冠がつく百合はあそこのものだったんですね」

といった。

そこで会議室のドアが開けられた。例によって大和田の部下がメモを手渡して去った。大和田はメモに目を落とした後、

「お知らせしなければならないことが何点かあります。まず死体についてです。玉藻寺の住職と本橋達也ですが、彼らが争った形跡はないと断定されました。互いに石つぶてを握って戦ったのであれば、飛び散る血痕《けっこん》の角度は現場に残されたものとは、別の位置にあったはずだという見解によるものです。血痕の位置から判断して犯人はともに背後から二人に忍びよっています。それから松田美也子ですが、彼女の索溝痕は特殊で手で絞められた跡と二重になっていました。これは犯人が彼女の首を絞めて失神させた後、梁に吊《つる》したことを意味しています。最後に犬ですがこれも死因は絞殺によるものです。このゴールデンリトリバーの名はラッキー。成犬になったばかりでまだいたずら盛り。散歩中首輪を付けたまま飼い主から離れたところを犯人に捕獲されたと見られます。この場所は行者寺と目と鼻の先の農道です」

とその内容を説明した。

「今のお話は住職の死体、殺される美也子さんを見たという西さんの証言に一致しますね」

日下部は秀子に念を押した。

「ええ。ただ首は強く絞めていました。失神させるためではなく命を奪うまで」

答えた秀子の顔は蒼白《そうはく》だった。

「その相手の顔は？」

秀子は黙って首を振った。

「ではずばりと聞きます。あなたはすでに犯人が誰だかご存じのはずです。あなたの話にあったカーテンの陰に隠れていた相手とは?」

そういって日下部は秀子を見据《みす》えた。秀子は恐怖に固まった表情の中でわずかに唇を動かした。ささやくような声で、

「黒枝芳樹さんです。まちがいありません」

といった。

片桐一人は苦渋に満ちた顔でうなずいた。

「実はわたしは昨夜彼と廊下ですれちがいました。そして、ある事情からわたしは決断を迫られていたからです。その時点で殺人者だとはっきりわかっていたわけではありません。ただとてつもない怪物の生みの親になってしまったという思いでした。これは何とかしないと、彼に医師の資格があったり、黒枝代議士の嫡男《ちゃくなん》として生き続ける以上、社会にとんでもない災厄をもたらすことになるだろうと予見できたからです。それを阻止するためにはわたしは彼を殺さなければならない。そう思いつめていました。そして朝になったら自首するつもりでした。ところがわたしは致死量のモルヒネの入った注射器を携帯していったにもかかわらず、彼を見逃してしまった。病院から出ていく相手に、血なまぐさいものを感じていたにもかかわらずです。どうしてあの時力ずくで止められなかったのか。誓って申し

上げますがわたしは臆《おく》したのではないのです。何というか、ほんの一瞬わたしは、彼の邪魔をしないこと、消極的に従うことが今の自分の使命のような気がした——」

といって一息つき、救いを求めるかのように日下部の顔を見つめた。

「あなたが彼を抹殺《まっさつ》しなければならないと決断した理由を教えてください」

日下部はつとめて冷静に聞いた。片桐一人は驚くべき告白をはじめた。

「黒枝芳樹の現在働いている脳は人工のものなのです。彼の頭蓋《とうがい》の中には精巧なマイクロプロセッサーが埋めこまれています。この処置は生命救助のためには必要不可欠なものでした。これがなければ事故後四十八時間以内に心停止が認められたはずです。それほど彼が受けた事故はひどいものでした。ですからわたしは彼にこの処置を施すことにためらいはありませんでした。とにかく父親の黒枝代議士も、将来の娘婿の相沢院長もともに生命維持が先決だということでしたから」

「彼の記憶が不揃《ふぞろ》いで紋きり型の知識を連発したりしたのも、周囲の人たちにとって感情が皆無のように感じられ、遥奈さんが砂をかむような思いをしたのもそのせいなのですね」

「わたしとしては記憶や知識さえ正確にインプットして温存すれば、違和感は次第になくなるはずだと思っていました。感情は周囲の理解や学習で補うことができると楽観していたのです」

「だが失敗だった？　人間の感情は補えるものでも、機械が学習できるものでもなかった？」

「お言葉ですがそうは思っていません。感情的という言葉をご存じですね。これがいい意味で使われることは少ないものです。論理的でないとか、自己中心的な子供のような情緒を意味することが多い。もっとも暖かい思いやりも感情です。とはいえこれには相手の立場に立つという社会性が必要。きわめて理知的な要素です。よってわたしは好ましい感情とは、理知と学習なくしてはあり得ないものだと思っています。わたしは芳樹君が手術後、人間の理想とする感情を身につけるようになると確信していました。だが——」

その後医師はインプットした覚えのない製塩業の知識や効かない麻酔、そして現われた飢餓状態の男の幻影などについて語り、最後に、

「これはどうか驚かないで聞いてください。信じられないかもしれませんが、現在芳樹君のマイクロプロセッサーはさびついています。体内に含まれるナトリウムのほとんど全部が電子の脳を取り囲んでいるのです。生理学的にいえば彼はもうとっくに亡くなっている。しかし脳波も心電図もしごく正常なのでした。わたしの決断はこれらを目にした時に揺るぎないものになったのです」

といってうなだれ、がっくりと肩を落とした。

十九

片桐医師の話が終わると一同は重い沈黙に包まれた。そんな中で最初に言葉を発したのは水野だった。

「そんな馬鹿なこと――」

「しかし片桐先生は脳外科の権威でいらっしゃる。現代医学の最先端を極めている方ですよ」

大和田は水野を諫《いさ》めてから、

「ただ、今先生がおっしゃった事実がにわかに信じられないものであることは確かです。ですからわたしは別の角度から彼、黒枝芳樹を分析することにします」

といい、またノックをして入ってきた刑事が渡した資料に見入った。

「わたしが部下に調べさせたのはまず、行者寺の本堂で松田美也子を吊り下げていたロープ状のものの出所です。あれはどこにでもある市販の梱包用ロープでもし彼が犯人ならば、病院を抜け出した後どこかで購入するか、盗んでいなければなりません。これについてはビニール製のものが、隣接している区域にあるコンビニでなくなっていることがわかりました。ここは朝八時からの営業で、交替したばかりの店員はまだ気がついていなかったようです。ただここの防犯カメラが白いキャップに包まれた犯人の頭を記録していました。

それから次は玉藻寺です。ここに本橋達也を名乗って住職を呼び出した者はいなかったか。昨晩あったそうです。住職はあいにく在宅しておらず、留守番の僧が聞いて伝えました。内容はもちろん、折いって話があるから明日の朝行者寺まで来てほしいというものでした。そして最後は――」

そこで署長の視線は片桐医師の顔で止まった。

「ここへ来るとすぐに協力を要請された件ですね。黒枝芳樹のＤＮＡに関する情報。あのような手術でしたから精密な情報が必要でした。どうでした？　わたしのいった場所、相沢病院の応接室にカルテはありましたか？」

片桐はうなずきながらいった。

「いや」

大和田は頭を振った。そして、

「おっしゃった場所には見当らなかったそうです。それから外科の医局に保管されていた事故直後のカルテもです。これについては、黒枝芳樹本人が現われてぜひ見せるようにいわれて渡したと、居合わせた見習いの看護婦が証言してます。芳樹は他の医師たちが、ちょうど回診の時間でいないことを知っていて現われたのだと思います。この時間が午前十時半すぎ。彼が先生のオフィスに侵入して、カルテを持ち去ったのもたぶんこの時でしょう」

と続け、

「といって中根のどか殺しと彼を結びつける証拠が皆無というわけではありません。土です。鑑識の勝利です。彼らは病室の床から微量の土を発見しました。これは中根のどかの殺害現場にあったものと一致しています。ご存じのように院内では職員は全員、上履きを履くことが義務づけられています。九割方は黒枝芳樹の裸足の足裏に付着していたものと見做していいでしょう。それから、黒枝代議士が殺害された翌日、シーツを替えに来た看護婦がやはりシーツの上に土くれを発見し、不審に思ったと証言しています」

と結んだ。

「ということは黒枝芳樹が一連の事件の犯人だというわけ？」

水野は勢いづいていった。

「証拠を並べていくとそういうことになりますね。ただし彼が息をしていると仮定しての話になりますが」

大和田はうなずき苦笑した。

聞いていた日下部は、

「生きている彼が犯人だとすると不審というか、超人的な要素がいくつかありますね。まず何であんなに速く走れるのかということ。それから散歩中にわずかな時間飼い主から離れた犬を絞め殺し、かつぎあげて運んだ敏捷さと怪力。そして何といっても驚くのは、その犬をまっ二つに割《さ》いて当座の飢えを凌《しの》いだことです。もっともこれは人間離れしているというよりも、動物的にして極めて人間的、人類の本能に備わっていたプリミティヴな食料調達の方法だといえますが」

と芳樹の異常な性癖について指摘した。

「彼は食料保存にも知恵を働かせたのね。犬の死体に塩をまぶしておいたというのは、いずれ帰ってきて食べるつもりだったんでしょう」

水野はいいながら眉《まゆ》をしかめかけた。

「ということはあの青年が床のはめ板をずらした。そして塩を取り出した。あの人は前もって床下に塩が貯蔵されていたことを知っていた。そういうことになりませんか?」

西秀子は目を見張った。そして、

「でもあんなことをしたのは大昔の人たちでしょう? しかもあそこはずっとさびれていた。あの若者が何で知ることができたんです?」

と続けた。

じっと聞き入っていた片桐一人はただ一言、

「いったい彼は誰なんです? 何者なんです?」

とだけいった。


午後六時五十分。長かった夏の陽《ひ》がやっと傾きはじめていた。青空は一度白く陰った後墨色の薄い闇の中に沈んでいく。

黒枝芳樹は行者寺の坂道の手前にある茂みに潜んでいた。彼の並み外れた五官は、坂の上に危険が待ち構えていることを予知できている。

彼は再び空腹を感じていた。渇きは灌木《かんぼく》の葉の露を集めて多少癒《いや》した。しかし充分ではなかった。ごくごくと好きなだけ新鮮な水を飲みたかった。渓流へ下りて水を飲んだ記憶が頭をもたげた。ただしはるか遠い昔のことのような気がした。あれはいつのことだったろうか？

彼は動かなかった。行者寺に詰めている警察の動きが手に取るようにわかるからだ。近づくことはできない。芳樹は灌木の根元に膝《ひざ》を抱えて丸くなった。目を閉じて眠ろうとつとめてみた。なぜかこうすればエネルギーの消耗が少なくなるということがわかっていたからだ。

黒枝芳樹はもう自分のことを不可解な存在だとは思っていなかった。丸くなった彼の膝の上には病院から奪ってきた二種類のカルテが置かれていた。

外科の医局にあったものには事故後の彼の脳の状態が克明に記されていた。ある記述から彼はぐしゃりと潰《つぶ》れた無残な後頭部を想像できた。そしてそれはまぎれもなく、手術室から霊安室へと運ばれる運命の脳だった。

それから片桐が牛耳《ぎゅうじ》っていたもの。書かれていたのは驚くべき事実だったが、当初彼の反応は皆無だった。

マイクロプロセッサー――。

その言葉の説明はインプットされていなかったからだ。おそらく片桐は彼が知る必要などない、あるいは知らない方が幸福だろうと判断して削除したものと思われる。

だがほどなくある言葉が彼の頭の中にこだまのように響き渡った。

器械、人間ではない――。

そうだったのかという思いが芳樹の心を浸した。それは一瞬去来した感傷に極めて近い感情だった。彼は無念の死を遂げたひげ面の男のためではなく、もはや人間ではない自分のためにはじめて涙を流した。

だがそうした情緒も感情も長くは持続しなかった。彼の心は再び、

「行者寺へ行け」

「この恨み末代まで祟ろうぞ」

という言葉に支配されはじめたのだ。

そしてそれは空腹が飢えに近づくとますます大声になり、彼をがんじがらめにした。

彼は寺の境内に塩をかけて残してきた犬の肉を何度も思った。恋い焦がれるような思いで、自ら引き裂いた貴重な獲物のことを思い出した。

といってその犬の死体がすでに寺にはないことぐらい、彼はとっくに察知していた。浅い塩漬けの生肉はなかなか美味なのに、もうあれを口にすることはできない。おびただしいよだれと涙が顔を汚した。涙は単に餌《えさ》を奪われた悔しさゆえのものだった。

夜が来ても警察が退散する気配はなかった。犬につられて彼が戻ってくるだろうと確信しているようだ。だから彼は動かない。動けない。警察の警備はいよいよ厳重になってき

ている。

やがて彼が隠れている茂みから見える農道にも警官が立つようになるだろう。とすると自分はこのままここにいるしかない。飢え死にするまで潜み続けるしかないのだろうか?

「助けてくれ」

思わず彼は低くつぶやいた。

すると、

「助けてくれ」

「助けてくれ」

例の声が唱和してきた。

そしてしばらくそれが続いた後、

「君を助けたい」

聞き覚えのある声を聞いた。

「ぼくだ、日下部だ。君に会いたい。会って話をしなければ君を助けることはできない。君のいる場所はわかっている。今ならまだ君は動ける。近くに見張りはいないからね。その場所からお父さんの隠れ家へ行くんだ。君は抜け道にくわしい。おそらく三十分とかからないだろう。力を使い果たしても心配ない。食料はぼくがたっぷりと調達していく。頑張るんだ」

日下部は相沢家で用意してくれた洋室の客間で、ベッドを背にして立っていた。窓の外は夕闇が迫っている。表門から玄関に続く庭には警備のための警官の姿が見え隠れしている。だが彼の目はそちらへは向けられていなかった。

水野は京都へ向かっているはずだった。京都は片桐医師の郷里であった。片桐の実家は市街地の鞍馬《くらま》にある。

大和田署長が開催した会議が一区切りついた後、解散という段になっても、片桐一人と西秀子はその場を動こうとはしなかった。

そして、どうして、自分たちに奇異な体験が続くのか、なぜまるで招き寄せられたかのようにこの土地へ来てしまったのか、その理由が知りたいといい続けた。

「それとあの不思議な男の正体もです」

そこで日下部は前に片桐が洩らしていた彼の祖先の生業が、経の写本などがあることから寺の関係者ではなかったかという話を思い出した。そのことを告げると、

「それでは今から実家へ行ってみます。弟が継いでいますがまだ蔵は健在で、古文書の類《たぐ》いは残っているはずですから。こんな気味の悪い体験ははじめてで、何でもいいから解明の糸口を見つけないと、精神のバランスを損なってノイローゼになりそうです。なにぶんわたしは科学者のはしくれなものですから」

と片桐はわらをもつかみたい表情でいった。

「でも先生は黒枝芳樹が発見された時、治療に当たることのできる唯一の方でしょう。こ

こにいなくては困ります」

大和田は当惑顔になり、すぐに水野は、

「それなら代わりにわたしがまいりましょう。今からたてば明日の朝には帰ってこれます」

とかってでたのだ。

そんなわけでこの時水野はすでに不在だった。

「ちょっと出てきます。夕飯は外ですませるので結構です」

部屋を出た日下部は台所の西秀子に声をかけると、相沢家の裏玄関を出た。折よく裏庭には警官の姿はなかった。秀子が行者寺へと向かった時に乗った自転車が裏門の前にあった。日下部はそれを借りた。

頭の中に茂みを抜け出し全力で走っている芳樹の姿が見えている。あの彼と同時か少し遅れるぐらいの時間に目的地に到着するには、とても徒歩では間にあわない。それに日下部には約束した食料の調達という一仕事があった。

自転車に乗った日下部はまず市場のある町並みへとペダルを踏んだ。シャッターをしめかけている市場へとびこんで、何品かの食材、食品を購入する。

それらを自転車の籠《かご》に入れて今度は黒枝家の別邸をめざした。町中にある市場と黒枝家は相沢家を中にはさんで、町のはしとはしに位置している。

日下部はペダルを力いっぱい踏んだ。走ってくる芳樹の汗みずくの顔に向かってさらに強く踏む。できれば同時に着きたい。その方が相手の気持ちはなごむはずだった。何としてでも芳樹と信頼関係を築きたい。知らずと日下部自身の顔も汗にまみれていた。

その日下部が自転車を別邸のある小道に乗り入れた時、前方から芳樹の姿が見えた。ほどなく二人は行き当たり、

「やあ。やっと会えたな」

日下部は微笑んだ。

「とにかく飯という顔だな、君は」

はあはあと荒い息をしている芳樹の背を押した。玄関のドアがしまっていることは想像がついたので、リビングの壊れている窓へと向かう。

「お願いする」

日下部が頼むと芳樹は無表情のままその窓の蝶番《ちようつがい》を操作した。そして窓を開け放つとするりと細い身体をすべりこませる。三分後には日下部は正面の玄関から黒枝邸に招き入れられていた。

「まあ、座って。軽くやっていてくれ」

まずそういって日下部は芳樹をソファーに座らせた。買物袋の中からすぐに食べられるつまみの類いとビールを手渡す。つまみはチーズ、くんせい、ナッツ類、スナック菓子のポテトチップス、チョコレートなど。

芳樹は空腹のあまり目の色を変えてこれらにとびつく。ばりばりと袋菓子を咀嚼《そしやく》する音

が続き、みるみるスナックの山が消えていった。

一方日下部は台所のシンクに食材を並べると料理にかかった。ここにガスが通っていてレンジが点火可能なのは、代議士が殺された時、現場検証で訪れて試してみていた。鍋《なべ》を探して湯を沸かした。塩ひとつまみを入れてスパゲッティを茹《ゆ》でるためである。ミニバーの一角にワインラックを見つけた。そこから白ワインを一本掠《かす》めとる。日下部の好みのガビがあった。芳樹もガビが好きだといいが――。

フライパンに白ワインをコップ一杯ほどと、市場の魚屋でもとめたあさりを入れ蒸していく。あさりのふたが開きかかったところで、同じく八百屋で見つけた行者にんにくのみじんぎりをふり入れた。

できあがったのはスパゲッティボンゴレ。にんにくの代わりに使ってみた行者にんにくの鮮烈な香りが何とも食欲をそそる。

芳樹がふんふんとよく効く鼻を蠢《うごめ》かしはじめた。日下部はスパゲッティを盛った二人分の皿を、彼が待っているソファーのある場所へと運んだ。

「さあ、やろう」

料理に使った残りのガビをグラスに注いで彼にも渡した。そして皿をかざしながら、

「今君がさんざん貪《むさぼ》り食べたものも、これも馴染《なじ》み深いもののはずだよ。君は誰でもない、黒枝芳樹なんだから。ただ君は自分の中に得体のしれないものが潜んでいる、そう感じているかもしれない。そうだとしてもそれはそう心配するほどのものではない。ほら、こ

といって、麺《めん》とあさりに絡《から》んでいる行者にんにくをフォークで突いた。

「少し風変わりなこの薬味程度のものにすぎない。恐れる必要はないんだ。だから君は自分のことを、自分の身に起きたことも含めて率直に話してくれてかまわない」

聞いていた芳樹はうなずくと、今度はやや落ち着いた物腰で料理を平らげた。そして、終わると皿を洗いに立った後、自らグラスにワインを注《つ》ぎ足しながら、

「人心地着いたというのは今のような状態をいうんでしょうね」

とまずい、それから、

「わたしが実はもう死んだ人間であることはご存じですね」

と日下部に聞いてきた。

「知っている。片桐医師が話してくれた。マイクロプロセッサー。あれしか瀕死《ひんし》の君を救うことはできなかったという」

「わたしも医師ですからあの件については納得しているんです。もっともわたし自身の意志には反する延命措置ですが。ですがわからないのは血液中の塩分が電子脳を包囲していることです。どうしてそんな具合になったのか? 電子脳がさびつき、血液はミネラルを失った状態でなぜわたしが生きていられるのか。こればかりはわたしがこの手で、次々知人を殺していった事実と同じで、まるでわからない」

そこで彼は顔を覆い声を殺してむせび泣いた。そして意を決したように顔から手を離す

と、夢か幻想のようにしか記憶に残っていない、自分が体験した殺人とその現場の数々についての詳細を語った。

「わたしはマイクロプロセッサーなどではない、もっと得体のしれない不可解なものに操られているような気がするんです」

「君が犯したと思われる殺人の中で一件だけ特殊なものがある。それは中根のどかさんの時です。なぜ君は彼女を犯したのか？　それからもう一点。獲物にした犬の肉の貯蔵に君は塩を思いついた。しかしなぜあの寺の床下だとわかったのです？」

日下部は芳樹の顔を見据えていた。だが彼の意識は芳樹ではない、しかし芳樹にとりついている、得体のしれないものに向けられていた。

突然芳樹は持っていたワイングラスを取り落とした。クリスタルのグラスが床に砕け散る。シャンデリアの輝きの下でガラスの破片が妖《あや》しい虹色の光彩を放つ。

「女——中根のどか」

黒枝芳樹は立ち上がった。すでにパジャマのズボンの前が盛り上がっている。だが芳樹は驚いた様子もなく自慢げににやついた。それからさらに、

「女——中根のどか」

「女——中根のどか」

と繰り返しつつ玄関を出た。

そして体力のついた彼の身体は猛烈なスピードで夜の闇に踊り出る。自転車に飛び乗っ

た日下部は後を追った。あいにくの新月だった。闇は深く街灯は見当らない。漆黒《しっこく》に近い闇夜である。

もはや頼りは臭《にお》いであった。アイヌの血を引いているせいもいくらかあるのか、日下部の嗅覚《きゅうかく》は優れている。視力と同じくらい鼻が利く。

そして今もっともたしかな臭いの目印は行者にんにくだった。その強烈な臭いが芳樹の身体全体にしみついている。息からもこぼれ出てくる。

それだけを頼りに日下部は芳樹を追跡してひたすら走り続けた。

二十

芳樹はやがて相沢家のある町のなかほどを通りすぎ、駅の方角へと向かっていった。そして一瞬、アパートかと見間違う白い鉄筋の建物の前で止まった。

根物寺。日下部が訪問したことのある寺だった。本堂も庫裏《くり》も近代的な鉄筋の造りの中に収められていて、建物の後にある敷地はいちめんの墓地だった。住職たちは通いの職員。夜は無人の建物に象徴されるように、きわめて合理的な檀家《だんか》寺であった。

一方日下部がここを訪れたのは、ここにも木乃伊仏《ミイラぶつ》が鎮座していると聞いたからであった。ところがここにあったのはミイラはミイラでも、主のわからない男根のミイラだった。

これが本堂のケースの中に祀《まつ》られている。その男根が信仰の対象になり相当数の信者を集めたであろうことは、この寺の名前、根物寺という名称のいわれになったことでもよくわかる。

　男根のミイラは即身仏を志した寺男、一世上人が修行中、追ってやってきた遊女を諦《あきら》めさせるために自ら切り落とし、相手に与えた一物だという。その話を日下部は訪れた時、ここの住職から聞かされた。

　芳樹は根物寺の門の前に佇《たたず》んでいた。鉄の門は固く内側から錠《じょう》が下ろされている。日下部は自転車から下りて彼を見守る。

　今までさわさわと涼しく吹いていた夜風が急にぴたりと止まった。芳樹がうーんと大きく息を吐き出した。

　それはもはや行者にんにくの臭いなどではなかった。腐乱死体の腐った血や肉を想《おも》わせる、文字通りこの世のものではない、ぞっとする、一度嗅《か》いだら容易に忘れることのできない悪臭そのものだった。

　芳樹の右手がすいと門に伸びた。門は音もなく開いた。彼は日下部を振り返ることもなく、無言で中へと入っていく。日下部も続いた。不思議に恐怖感は皆無だった。これが自分の使命だという思いが彼の心を浸している。

　芳樹は一階の廊下を奥へと突き進んでいく。歩きながらほっ、ほっと臭い息を壁に吐きつけると、廊下の天井に取り付けられている蛍光灯に光が点《とも》ってまたたいた。それはかりではない。通りすぎていく部屋部屋にもそれぞれ明かりがついていった。

そして突き当たりの本堂に歩みこんだ時には、すでにその部屋全体が燦然《さんぜん》ときらめいていた。並べられている葬儀や年忌用の椅子《いす》が大きな光の輪の中に浮き上がって見えた。芳樹はそこを横切って壇上へと歩いていった。壇上には男根のミイラが安置されているガラスケースが見えている。

ミイラはガラスケースの中の白絹の上に置かれている。つい何日か前日下部が目にしたのは、干涸《ひから》びたサラミソーセージのような物体だった。だが今それは自ら真紅の光を放ち続けている。邪悪な印象だった。

芳樹はそのケースを開けた。赤い光が彼の全身に反射した。凶悪な形相でにっと笑った芳樹は血ぬられているように見えた。そこで日下部ははじめて口を開いた。

「とうとうあなたとお話ができることになりましたね。わたしはこの時を待っていたんです」

日下部は芳樹ではなく、今まで芳樹の運命を牛耳り、彼を動かし続けてきた力に話しかけていた。聞いた相手は燃えるような憎悪の目で日下部を一瞥すると、からからと笑いだした。

「いかにも俺は黒枝芳樹じゃない。何百年と続く長きに渡って、黒枝家やその仲間たちに復讐《ふくしゅう》を誓ってきた山の者だ。当時人は俺の一族を鬼熊《おにくま》と呼んでいた。もとよりこの鬼熊という名前、俺たちの先祖が自らつけたものではなかった。だがいつの頃からか鬼熊と呼ばれるようになった。たぶん俺たちが里の人間と違っていたからだろう。山に棲《す》み鳥獣を食らう。中には鼻や目が人並み外れて大きく、毛深く巨人のようにそびえている鬼熊もいた。それだけではない。山は役にたつ草や木にあふれていた。そこで我々の先祖は命と向き合った。そして薬草の知識、怪我の手当てなど病いを癒す方法を何代もの間伝えあっていった。里の人間はよほどのことがあって窮すると、人づてに聞いて俺たちのところへとやってきた。俺たちは快くその施療を引き受けた。ようするに俺は山に住む医者だった。ただそれだけの者だった。可愛《かわい》い妻子と家庭を営んで山に生き、山に死ぬ。それ以上の望みなど何一つなかった。だがそんなささやかな幸福さえも踏みにじられる時が来た」

そこで芳樹は口を真一文字に結び、憤怒《ふんど》そのものの恐ろしい表情になった。日下部はゆらりと芳樹の立っている空間の空気が揺れて、すさまじい形相のあの男の顔が浮かび上がるのを見た。

「ある時代から山から自由が奪われた。住んでいた連山は続いていて、我々、山の民ははしからはしまで走り抜けることができた。そこがある時から仏の山だなどといわれるようになった。修行だ、修行だといってたくさんの僧侶《そうりょ》がやってきた。彼らは行者と呼ばれた。もっとも我々を脅かしたのはこうした行者たちではなかった。彼らと俺たちはわりにしっくりいっていた。なぜなら彼らは山の新参者で俺たちから学ぶことが必要だったからだ。だがそのうち彼らは里へ下りると、俺たちから得た知識を披露しはじめた。なにぶん彼らは貧しく、功名心旺盛《おうせい》で、中には高く売りつけることもあったろう。薬草のこと、手当てのことなど。あるいは里の人間の垂涎《すいぜん》の的である鉱物のありかなどについても洩らしたかもしれない。それが災いのはじまりだった。恵みが豊富な山は領主の持ち物とされて、我々の行動は制限を受けるようになっていった。といっても俺が生まれた時にはもうそんな状態だったから、長老たちの愚痴《ぐち》は耳にしてもそう不自由だとは感じなかった。俺は若く健康で好きな女も見つかり、一緒に山に生きるのは楽しかった」

「そこにあるのはあなたの身体の一部ですね」

日下部は目の前にある妖《あや》しく燃えている男根のミイラを指さした。

「俺はある日突然捕らえられた。領主への反逆罪だという。土牢《つちろう》に閉じこめられ飢えさせられた。本来死罪に値する罪だが即身仏を志願したとして免じられる。これからおまえはありがたい木乃伊仏になるのだと代官がいいに来た。あの頃里では飢餓で死ぬ民たちが多く、木乃伊仏を祀るのが流行していた。たしかに俺はある時、仲間と思っていた気心の知れた行者に洩らしたかもしれない。木乃伊仏などありがたくなんてあるものか、あれは魚や肉の干物と同じだと。人間は血と肉を持って躍動してこそ生きているのだと。永遠の命など必要ないから限りある生は草や木、あるいは鳥獣虫魚とその感動をともに分かちあって生きたいものだと。これが密告されて反逆だとされたのだ。だから死ぬ時は木乃伊仏となって領主に忠誠を誓えというわけだ。理不尽すぎる。俺の怒りはたぎった。だが飢えは容赦なく俺の命を侵略した。俺は息絶えると早速《さっそく》木乃伊仏に作られることになった。まず内臓と男根が抜かれた。内臓を抜いたのはミイラ化する際の失敗防止のため。この時期はとにかく木乃伊仏が人気で近隣の村々で求められていた。高く売れた。だが内臓を抜かないままの死体はすぐ崩れ落ちて骨だけになることが多く、木乃伊仏の完成品は少なかった。だから内臓抜きは職人たちの苦肉の策だったといえる。男根の方はこれまたこれだけを指定で求める寺があったのだろう。信仰の対象に伝説を加味するのも、信仰を金に替える輩《やから》たちには必要と見える。だからこれはこうしてここにある」

「あなたはいいがかりに等しい反逆の罪を着せられて餓死させられた。それだけではなく亡骸《なきがら》まで利用された」

「しかし俺の魂は怒りのために滅びなかった。魂は山の家に戻るとそこで妻と幼い娘が斬り殺されているのを見た。妻は娘の目の前で犯された後で殺されたのだ。この恨み、おまえにわかるまい」

そこで芳樹の背後にゆらめいていた男の顔が肥大した。怨念の赤い炎が両目と口から迸《ほとばし》る。日下部は一瞬、立っている芳樹がその中に呑《の》み込まれたかのような錯覚に陥った。だが日下部は臆せず、

「たしかにわたしにはあなたのような無念の経験はない。だから気持ちがわかるなどとは迂闊《うかつ》にはいえない。だがこれだけはいえる。わたしがあなただったらやはり同様な報復手段を講じたかもしれないと。なぜならそれが人間らしさというものだからだ」

といった。すると突然、

「おまえはあいつに似ている」

「あいつ？」

「ああ、俺の男根や内臓を抜いたり、海へ運んで海水をかけ続けた職人の頭だ。寺男の一人だ。あいつを俺は恨んでいない。あいつは当時の俺にできることを精一杯やってくれた。いっておくが俺はミイラにされたことは恨んでいない。ミイラになって残ったおかげでこうして力を発揮することができるんだからな。だからあいつをここへ呼んだ。再びあいつにある役回りを果たさせるために」

「片桐医師ですね」

「ああ、あいつの末裔《まつえい》が片桐一人だ」

「西秀子さんは?」

「あの女性は俺の一族の血を引いている。あの時逃げおおせた、敏捷で予知能力にたけた長男の血筋だ。といって直系ではない。直系はすでに死に絶えている。だから彼女の力は弱かった。ここへ来てすべてを、復讐の一部始終を見届けさせるためだけに呼んだ。わずかではあっても俺の血筋なのだ。祖先が恨みを晴らすのを見る義務があるだろう」

「とするとあなたは使えない西さんの代わりに芳樹君を使った? なぜ彼を復讐劇の主人公にしたんです?」

「宿敵の末裔たちに最大の苦しみを味わわせるためだ。血を分けた息子に殺される苦しみ、それから松田の母親や中根、本橋の家族を皆殺しにしなかったのは、肉親を殺された者の気の狂わんばかりの悲しみを味わってもらうためだった」

「そこまですさまじいあなたの怨念の源が知りたい」

「当時俺と家族を地獄に突き落としたのは、密議を図った代官と玉藻寺の住職、直接実行した代官所役人だった。黒枝代議士と松田美也子、そして本橋達也の祖先たちだ。これに中根のどかの祖先が一枚加わっていた。当時資力を貯えつつあった中根家では、名字帯刀を願い出ていた。そのためには鬼熊族の一掃、藩と寺による薬種独占という奸計《かんけい》に加わる必要があったのだ。領主であった相沢家への忠義の証だ。俺のよく知っている行者仲間の一人を買収したのもこの中根の当主だった」

「しかしどうして今なのです？　何百年と恨みの中に沈黙し続けてきたあなたがなぜ今？」

「ずっと隙《すき》をねらっていたのだがこれがなかなか——。やっと最近条件がそろったのだ。黒枝章吾が次期総理候補になりそうなこと、黒枝のぼんくら馬鹿息子の真也、本橋建設の神をも恐れぬ製塩業の計画」

「やはりあなたは海と塩に助けを借りたのですね。それで黒枝真也君をまずあのような形で殺した。そして願い出るとわかっている兄の芳樹君に塩を介してとりついた。あなたはミイラにされる際塩まみれになったはずです。塩はあなたの肉体の一部といえる。だからとりつきやすかった」

「その通りだ。俺は海水で清められた後、一年もの間行者寺の床下に埋められていたのだからな。俺だけじゃない。ミイラはどれもそんな具合に加工されていた」

「あなたの復讐はまだ終わっていない。あなたは芳樹君の手でフィアンセの遥奈さんを殺させる気ですか？　奥さんと子供を殺されてここまでの恨みを募《つの》らせた同じあなたが？　ほんとうにそんなことができるとは、ぼくにはとうてい信じられない」

そこで日下部は語気強く相手に迫った。

すると相手は、

「ふっふっふ」

がらりと変わった声音で笑った。耳につく機械の出す騒音に似ていた。

「女——中根のどか」

「女——中根のどか」

ぞっとするような金属音で繰り返した後、

「中根のどか、女——殺す」

「遥奈、女——女、みんな殺す。楽しい」

とうたうようにいった。ケースの中の男根のミイラがみるみる膨れあがっていく。一方日下部の視線は芳樹の下腹部を捉《とら》えた。

今のところ鎮静している。片やケースの中のものは、まるで意志でも持っているかのように、芳樹のすべてのエネルギーを吸収してしまったかのように、勢いよく飛び跳ねて外へ出たがっていた。

「芳樹君」

日下部は意を決して彼の名を呼んだ。

「いいか。君は機械でも亡者でもない。君は君自身なんだ。今君が身体の一部に感じている機械や人の念は、さっき食べたスパゲッティの薬味、行者にんにく程度のものでしかないんだ。わかるか？　さあ、安心して君は自分を取り戻してくれ」

聞いていた芳樹は弱々しくうなずいた。そして目を閉じた。おそろしく長い時間だった。再び目が開かれた時、

「先生、わたしです」

芳樹は落ち着いた声でいった。そして、

「先生と鬼熊の話を聞いていました。わたしが今考えているのは、どうやったら死ぬことができるかということだけです」

と続けた。

相沢遥奈はなぜ目覚めたのかわからなかった。昨晩同様、父の処方した薬のせいで彼女はぐっすりと眠りこんでいたはずだった。

だが今彼女はぱっちりと目を開けてベッドの上に座ると、着替えをはじめた。芳樹が好きだった純白のドレスを身につける。

芳樹が呼んでいる。

すぐそばにいる。それは遥奈が愛した本物の芳樹だった。

遥奈は階段をそっと下りて裏玄関へと回った。玄関を開けると昨年遥奈が鉢を買い求め

たナイトグローミングジャスミンが香っていた。冬は温室に入れられるこの南国育ちの花も、今の季節は大きな鉢ごと外に出して観賞する。このジャスミンは夜に開花し、神秘的で芳醇《ほうじゅん》な香りを放つのが特徴だった。

ジャスミンの花の色も白だった。芳樹はよく夜勤の帰りなどにここへ現われて、遥奈を呼び出すことがあった。その彼とのつかのまの逢瀬《おうせ》のために彼女はこの花をここへ持ち出して置いたのだ。芳樹に喜んでもらうために。自分たちの時間がよりロマンティックであってほしい、その願いゆえに。

その芳樹はジャスミンの花の前にひっそりと佇んでいた。たまらず遥奈がその腕に飛びこもうとすると、首を振って、

「別れを告げにきた。さようなら」

といい、さらに、

「ぼくが愛したのは遥奈、君だけだった。どうか幸せに」

といって微笑んだ。

「行かないで」

遥奈はいった。涙があふれた。だが心のどこかでそれは無理なことだとわかっていた。

芳樹はそれには応《こた》えず、きびすを返して歩きはじめた。震えていた肩がすっぽりと闇の中にとらわれるように消えた。

翌朝、指名手配中の容疑者、黒枝芳樹は海中で発見された。覚悟の入水自殺と見受けられだが、その全身は塩にまみれていた。解剖の結果彼の身体は錆ついた脳をはじめ、全臓器が塩漬け状態になっていることがわかった。

芳樹の遺書はたった一行で日下部宛《あ》てだった。遺体はくれぐれも速やかに焼却するようにと書かれていた。

芳樹の遺体の発見と前後して根物寺で異変が起きた。男根のミイラが突然発火して焼失したのである。原因はまだ究明されていない。

一方京都の片桐の実家から戻ってきた水野は、日下部から深夜の根物寺での出来事について聞いた後、ある事実についての報告をした。片桐の祖先はこの東北の地で寺男をしていたという。もっとも残された古文書は断片的なものでそれ以上の詳細を書き留めていなかった。

事件がいちおうの解決を見た後、西秀子一人はこの地を去った。西秀子の最後に残した言葉は以下のようなものだった。

「もう二度とここへ来たり、ここでお会いした人たちと出会わない方がいい。なつかしい気持ちはあるのに、そんな気がしてならないのはなぜでしょうね」

そしてなぜか片桐医師も苦渋を含んだ顔でその言葉にうなずいた後、

「この何日間で白髪がふえましたよ」

といい、白く変ったもみあげを撫でた。

日下部と水野の帰りは電車だった。水野は西秀子が残した言葉にこだわっていた。そして、

「たしかに彼女や片桐先生は見えない力に招かれて来たような印象だったわ。その正体は何だか今もってわからないけれども。もっともわたしたちは仕事。西さん、わたしたちとまでも顔を合わせたくない、そんな感じだったけど変ね」

といった。

その時日下部はそうではない、我々、特に自分が水野を介してこの地に仕事を得たのは偶然などではない、その証拠にあの男は灼熱《しゃくねつ》の東京駅に挨拶《あいさつ》に来たのだからといいたくなった。

鬼熊は自分たちの仲間には、巨人のようにそびえる異風の容貌《ようぼう》の持ち主もいるといった。あれはきっと南下していたアイヌのことだろう。それで彼はアイヌの子孫の自分を、鬼熊族の数少ない末裔であると見込んで、西秀子同様証人にしようとしたのだ。

もっとも日下部はそのことは口にしなかった。その代わりに、

「アイヌの料理の話なんかしたからね。ぼくとは浅からぬ因縁を感じたんじゃないかな。何か今度の事件は全体的に因縁めいている。これを思い出したり引きずっていったりするのは重いことなんだよ、きっと」

といった。西秀子だけではない、日下部自身の思いだった。

行者寺の床下をはじめ、あるといわれている行者塚はついに発掘されずじまいとなった。

この事件との直接の関連が認められないというのが警察の見解だった。

だが日下部はあそこには男根のない鬼熊のミイラをはじめ、祀られそこねた多数の木乃伊仏が廃棄されていると確信している。


夏休みが終わり秋が深まる頃、日下部は相沢遥奈から一通の手紙を受け取った。消印はニューヨークからで以下のようにあった。


あれからの郷里の日々はとても辛い長い時間でした。悲しみというよりも心の空白を埋めたいと思い、父にいって許可を得て、ここに来ています。ここの時間は忙しくあっという間に費やされるのが救いです。

まだ何をするかは決めていませんが、やはり医療絡みの食について学ぶことになるでしょう。

わたしの心の中に棲んでいる芳樹さんが辛い存在ではなく、なくてはならない暖かい思い出に変わるためには、まだまだ時間がかかりそうです。

でもきっといつか乗り越えられると思うのです。

二〇〇二年　庄内地方　夏

相沢庸介はニューヨークにいる一人娘の遥奈から突然の帰国を告げられていた。遥奈は新しい恋を見つけたと告白してきたのだ。相手は知人の紹介で知り合ったアメリカ人の青年で専門は日本文化、とりわけ民俗宗教に深い興味を寄せているという。もとよりこの地、山岳宗教のメッカである出羽三山のことも熟知しているはずだった。

庸介はやはりあの時のように院長室の窓辺に佇んで、こみあげてくる不安感と闘っていた。あんなものは単なる夢にすぎないと思おうとした。

庸介の夢には鬼熊と名乗る男が出てきた。鬼熊は百合の咲き乱れるあの行者寺の中庭にぬうと仁王立ちになっていた。百合の白い花弁がゆらゆらと揺れ続けていて、漂ういくつもの霊魂を想わせた。あるいは無念を止《とど》めた人間たちの苦悶の死顔のようにも見えていた。そして鬼熊は鬼気迫る様子で以下の言葉を吐いたのだ。

「わが恨み消えてはおらぬ。おまえの娘、相沢遥奈生かしたは恨み持ち越し、末代まで末長く祟るためぞ。遥奈は母にならねばならぬ。そしてわが子と孫を失うはどれほどの悲しみか、おまえたち親子が思いしらねばならぬ。これぞわが本懐ぞ。復讐の極みぞ。わかったか」

HARUKI HORROR BUNKO

ハルキ・ホラー文庫 H-わ 1-1

木乃伊仏《ミイラぶつ》

著者 和田《わだ》はつ子《こ》

2000年8月28日第一刷発行

発行者 角川春樹

発行所 株式会社角川春樹事務所

〒101-0051東京都千代田区神田神保町3-27 二葉第1ビル

電話 03(3263)5247[編集] 03(3263)5881[営業]

印刷・製本 中央精版印刷株式会社

フォーマット・デザイン 芦澤泰偉+野津明子

シンボルマーク 西口司郎

ISBN4-89456-748-2 C0193

http://www.kadokawaharuki.co.jp/

ハルキ・ホラー文庫

森村誠一

殺人倶楽部《クラブ》

書き下ろし

有田順二は通勤電車で「痴漢」の濡れ衣を着せられた。起訴された有田は争い続け、無罪が言い渡されたが、結局その間に職を失い、妻と離婚した。有田は心身ともに荒廃していった。そんなある日、飲み屋で熊谷という男に「雑談クラブ」へ誘われた。そこは心に深い傷を負った被害者たちの憩いの場であった。そんな折、有田を含む四人の常連たちの加害者たちが、相次いで死傷した……。心に傷を背負った人間たちを描くホラーミステリーの傑作。

栗本 薫

顔

書き下ろし

西北大学の仏文講師、高取浩司は、ある日突然、相手の顔がないことに気づいた。ありきたりのファミレスで、普通のウエイトレスなのに、顔だけ——目も鼻も口も——何もかもなかったのだ。これまでの平穏な日常生活から一転して、悪夢の日々が始まった彼は、心理的な解釈を試みて、友人である心理学専攻の春野に相談をするのだが……。書き下ろしでおくる、心理ホラーの傑作！

橋本 純

家康入神伝 江戸魔道幻譚

書き下ろし

徳川家康は南光坊天海ら密教僧に命じて、新たなる領地となった江戸を霊的防御都市とするべく開発、その力で豊臣家に成り代わって天下人たらんと目論んでいた。その動きに気付いた石田三成は、陰陽師半井を借り受け、家康の野望を粉砕するべく妨害工作を開始する。江戸と京都で繰り広げられる密教僧と陰陽師との法力合戦の勝敗はいかに！ そして現代まで続く江戸―東京の繁栄の源となった風水の秘密とは⁉

松尾未来

ばね足男が夜来る

書き下ろし

製紙会社のOL千野恵は、閉館間際の図書館で吸い寄せられるように黒い表紙の本を手に取った。本を開くと、そこには『ばね足男の謎』と奇妙なタイトルが――。翌日、恵にしつこく交際を迫り、付きまとっていた同僚の関口が、焼死体で発見された。恵が前日夢を見たように、炎で焼かれて……。やがて、彼女の周辺で、謎の放火事件が相次いで起こりはじめる。そこには、人々に火を吹き付け、跳躍する男の姿があった。戦慄の書き下ろし長篇ホラー。

ハルキ・ホラー文庫

書き下ろし

篠田秀幸

死霊の誘拐

カウンセラーの榊原久美子は、患者の少年加藤信二から恐るべき事実を知らされた。「山伏のような男を轢き殺してから、俺は能除太子の生まれ変わりだという怨霊にとりつかれている」というのだ。その夜、久美子は不倫相手の弘と車で帰宅中、なんと信二を轢いてしまう。信二は「の、能除太子」と呟きながら、息をひきとった。これも怨霊の呪いなのか？人間の孤独と不安を描くホラーサスペンスの傑作長篇。